ウソつき夫婦のあやかし婚姻事情

～天邪鬼旦那さまと新婚旅行!?～

編乃 肌

STARTS
スターツ出版株式会社

「夫婦になって初めての旅行。つまりは新婚旅行だな、俺のお嫁さん？」

「……ただの旅行ですよ、旦那さま」

ウソつき夫婦の新婚旅行、はじまりはじまり。

目次

ウソつき夫婦のあやかし婚姻事情～天邪鬼旦那さまと新婚旅行!?～

プロローグ

ヒールの音を軽快に鳴らしながら、潮玲央奈《うしおれおな》は早朝のオフィス街を会社に向かって歩いていた。

今日も今日とて、訳あって同棲している玲央奈の上司さまは、すでに異常な早起きで先に家を出ている。玲央奈たちの関係は周囲には秘密なので、どうしても出勤時間をズラす必要があるのだ。

彼はもう会社で優雅にPCでも叩いている頃だろう。

「私も急ごう……ん？」

しかし、足を速めようとしたところで、玲央奈は逆に足を止めてしまう。

立ち並ぶビルとビルの間。

なにやら蠢《うごめ》く影が見えた。

「クッテヤルゾ、クッテヤルゾ！」

口だけしかない、緑色のドロドロした気味の悪い化け物が、ギャハギャハと嫌な笑い声を立てている。

あれは――俗に言う『あやかし』という存在だ。

玲央奈は中学生の頃に、とある凶悪なあやかしからかけられた呪いのせいで、普通の人には見えない奴らが見えるようになった。それだけでなく、ずっと命までも狙われていた。

今は玲央奈の上司兼、仮の旦那さまの〝力〟のおかげで、どうにか身を守れてはいるが……玲央奈の首の後ろには、いまだ消えない【呪】という青い文字が刻まれている。

「あー……もう、どうしようかな」

緑色のドロドロしたあやかしは、「クッテヤルゾ」という言葉どおり、今にも〝なにか〟に襲いかかろうとしている。

その〝なにか〟とは、一匹の白蛇《しろへび》だった。

全長はそれほど長くはない、小さな細い蛇。暗がりで浮かび上がる白いボディに、赤い目のアルビノで、どこか清廉な印象を受ける。そして額には、特徴的な三日月型の傷がひとつ。

こんなコンクリートジャングルにあんな蛇がいるはずもなく、あの白蛇もあやかしだと玲央奈はすぐにわかった。

ただあやかしにも種類があり、『河童《かっぱ》』や『妖狐《ようこ》』といった種族名のあるものを『名持ち』、種族名のないものを総称して『名無し』と呼ぶ。

緑色のドロドロの方は名無しであろう。まだ理性的で人間にも友好的な名持ちと違い、名無しは危険で人間だろうと同族だろうと見境なく襲う。玲央奈も名無しのあやかしに何度襲われたか知れない。

白蛇の方はおそらく、そのまま『白蛇《はくじゃ》』という種族に分類され、赤い瞳には理性の光が見える。同時に……怯《おび》えの色も。

（怖がっている、よね）

その怯えを見てしまったからには、基本的にお人好しな玲央奈はもう放っておけなかった。

「ちょっと！　その蛇から離れなさい！」

壁際に追い詰められている白蛇を守るように、玲央奈は名無しのあやかしと相対する。

相手によっては危険極まりない選択だが、このあやかしは見るからに雑魚《ざこ》で、そうたいした相手ではない。

大きな猫目でキッと睨んで「さっさとどっかいきなさい！」と鋭く一喝。

「グ、グググ……」

玲央奈の見立てどおり、名無しのあやかしは悔しそうに唸《うな》りながらも、玲央奈の纏《まと》う〝気配〟に怖気づいてあっさり逃げていった。

ふうと一息ついて、玲央奈は握っていた拳を緩める。いざというときは、ストレートパンチでもお見舞いして追い払うつもりだったが、その必要はなかったようで一安心だ。

「もう危ない奴に襲われないよう、気を付けてね」

しゃがんで白蛇と目を合わせる。

お節介ついでに注意すると、白蛇はまるで甘えるように、玲央奈の膝にスリッと頭を寄せてきた。

けっこう人懐っこいようだ。

人差し指でその頭をクリクリと撫《な》でると、クネクネと白い肢体が揺れる。

「君はどこから来たの？　このあたりを住処《すみか》にしている、ってわけじゃないわよね？　仲間とかは……って、あっ！」

バッと、玲央奈は立ち上がる。

「こんなところでのんびりしている場合じゃなかったわ……！」

思わず和んでしまったが、今は出勤途中である。玲央奈は腕時計を確認して、一気に焦りを覚えた。

とんだタイムロスだ。

遅刻しないように急がなくてはいけない。

「私はもう行くわね」

バイバイと、白蛇に手を振る。

仲間がいるかどうかなど、確かめることはできなかったが、いるなら無事にそちらに帰れることを祈るばかりだ。

（この子を助けたことを話したら、天邪鬼《あまのじゃく》な旦那さまに『俺のお嫁さんはまた余計なことをして』って、嫌味を言われちゃうかしら……）

端正な顔をニヒルに歪《ゆが》める旦那さまを思い、玲央奈は小さく苦笑して、足早に場を去っていった。

白蛇はそんな玲央奈の背を、人混みに紛れるまでじっと見つめていた。

＊＊＊

「――おや。帰ったのですね」

青藍《あおあい》の和服を着た男は、自宅の縁側で茶を啜《すす》っていた。

歴史のある古式ゆかしい日本家屋。

敷地はだだっ広く、庭のヤマボウシの木は秋色に色づいて、地面に熟れ切った赤い実をいくつも落としている。その実を避けるようにシュルリシュルリと這《は》って、白蛇は男の足元までやってきた。

「おいで、シロ」

男が腕を差し出せば、『シロ』と呼ばれた蛇がゆるく絡まる。

白蛇と同化しそうなほど白い肌をはじめとして、男は髪も目も薄い灰色で、どこをとっても色素が薄かった。上背はあるものの整った美貌は中性的であり、たおやかな柳のごとき印象を受ける。

ただ瞳の奥だけは、爛々《らんらん》と抜け目のない輝きを放っていた。

「散歩中になにかあったのですね？　だから好奇心であちこち行くなと忠告しましたのに。あなたは少し抜けているところがありますから、もっと気をつけないと。……なにがあったか、教えてくれますか？」

シロはコクンと小さく首を縦に振る。

意思疎通ができているようだ。

そっと腕を持ちあげて、男はシロと額を突き合わせる。瞼《まぶた》を下ろしてから、しばしの静寂を挟み、「ほう……」と感嘆の息と共に目を開けた。

「なるほど、あなたはこの奇特な女性に助けられたのですね？」

コクンと、またシロは肯定する。

「あやかしが見えて、勇敢で、慈しみの心も持ちあわせている……すばらしいです。それに大変可愛らしい」

ふふっと、男性は喉を震わせて笑う。

着物の裾が笑い声にあわせて揺れて、ヤマボウシの葉がざわついた。

男性は秋晴れの空を仰ぎ、ここではない遠くを見つめる。思い浮かべているのは、たった今〝見た〟ひとりの女性の姿だ。

「見つけました──私の伴侶」

そう呟《つぶや》いた男の目は、まさしく獲物を捕らえた蛇のようだった。

一話　雪女の子守りは寒い

暦は十一月の頭。

秋風が冬の冷たさを帯びていく頃。

タワーマンションの上層階の一室で、定時で退社した玲央奈は帰宅早々、エプロンをつけて台所に立っていた。

今夜の夕食のメインは豚の角煮だ。料理好きな玲央奈は下茹《したゆ》でからしっかりして、じっくりゆっくり、とびっきりトロトロでおいしい角煮を作ってやろうと意気込んでいた。

（清彦《きよひこ》さんは二十二時くらいには帰るって言っていたし、なんとか一緒に食卓につけそうね。角煮を煮ている間に、スープや副菜も作って、お風呂も入って、洗濯物もたたんで……）

玲央奈の思考回路はすっかり主婦だ。

――ここに住み始めてから、もう七ヶ月。

あやかしから玲央奈を守ることを条件に、会社の上司である天野《あまの》清彦から偽りの結婚相手役を頼まれて、成り行きで始まったこの同棲生活。

天野は『半妖』という、名持ちのあやかしの血が混ざった人間で、しかもどんなあやかしかといえば『天邪鬼』ときたものだ。その特性として、人の心がぼんやりとだが読めるという少々ズルい能力もある。あいにくと、相性の関係で玲央奈の心は読めないらしいが。

性格も天邪鬼の名に恥じないウソつきかつひねくれており、玲央奈は最初、天野とうまくやれる自信など微塵もなかった。

しかしながら、共に過ごすうちにいろいろあって、現在のふたりはそれなりに良好な関係を築いている。

むしろ玲央奈からすれば、少しもどかしい関係とも言えよう。

天野がどう思っているかは定かではないけれど……。

「あっ、帰ってきた！」

やるべきことはすべて終えて、角煮もいい具合に煮込めたところで、ガチャッと微かにドアが開く音がした。玲央奈はエプロンを翻して、いそいそと玄関まで天野を出迎えにいく。

「おかえりなさい、清彦さん」

「……ただいま、玲央奈」

バランスの取れた体躯《たいく》に質のいいスーツを纏った、切れ長の目の美丈夫がフッと笑う。青みがかった黒髪が、蛍光灯の下でサラリと揺れ、玲央奈は我が夫ながらその完璧な佇《たたず》まいに一瞬見惚《みと》れてしまった。

〝夫〟といっても、仮のだけど。

「ここまでいい匂いがするな。今夜の献立は？」

「メインは豚の角煮ですけど……あの、いいんですか？」

「ん？　なにがだ？」

「お、『お帰りなさい』を、もう一度言わなくて」

同棲を始めてから、玲央奈がお出迎えをしたときはなぜか、天野はやたらと玲央奈の「お帰りなさい」を繰り返し聞きたがった。必ずと言っていいほど、最低限二回は言わされた。

それは実のところ、〝玲央奈と共に住んでいる〟という実感を、天野が噛《か》みしめたいだけの要望だったのだが……当の玲央奈はそんな裏側は知らない。

天野は「ああ」と呟いてネクタイを緩める。

「さすがにここまでさせたら、君も煩わしくなってくるかと思ってな。そろそろ次のステップに向かおうかと」

「なんですか、次のステップって」

「ユウに教えてもらったんだよ。新婚家庭ではこのやり取りをすべきだって。『ご飯にする？　お風呂にする？　それとも……』」

「言いませんからね！」

「ウソだよ、冗談だ」

玲央奈をからかって満足したのか、天野はさっさと靴を脱いでリビングに向かう。

玲央奈は鞄《かばん》を預かって肩を竦《すく》めた。

なお『ユウ』とは、天野の腹心の部下であり、また彼の幼馴染みでもある稲荷游《いなりゆう》のことだ。

（稲荷さんもたいがい、イタズラ好きな性格よね……）

稲荷は半妖でもあるし、まさしく天野とは類友だ。

天野と玲央奈についての話もよくしているようで、玲央奈としては、稲荷は油断も隙もない相手である。

「ああ、おいしそうだな」

天野が上着を脱いでいる間に、玲央奈は作った料理を運んでおいた。ふたりは向かい合わせに座って食卓につく。

天野は「いただきます」と手をあわせ、きれいな所作で箸をどんどん進めていく。

「……毎日食べても、君の料理は食べ飽きないな。豚の角煮はホロッと口の中で溶けるようだし、卵とワカメのスープも旨《うま》い。ゴボウとひじきのサラダも、サッパリとした味わいで口直しにいいな」

「本当、料理の感想だけは素直ですよね……」

箸を片手に天野が「俺はいつでも素直だが？」なんて嘯《うそぶ》くので、玲央奈はすかさず

「ウソですね、旦那さま」と返した。

だけど料理の腕を褒められるのは、けっして悪い気はしない。

それどころか、天野からの褒め言葉をもっと聞くために、玲央奈は密かに料理の研究をし始めているくらいである。

「ほら、コーヒーだ。熱いから火傷するなよ」

「はい、ありがとうございます」

食事のあとには、天野が手ずからコーヒーをふたり分淹《い》れてくれた。

「取引先からもらった豆を試してみたんだが、どうだ？」

「いつもよりちょっと苦みが強いですけど、私は好きです。どちらの取引先の人からですか？」

湯気の立つ香り深いコーヒーを楽しみながら、他愛のない会話を交わす。

ふたりの職場は、ここらでは一番大手の総合インテリアメーカーだ。そこから仕事の真面目な内容で盛り上がる。

天野と玲央奈は偽りの婚約関係ではあるが、上司と部下の関係でもあるので、これはこれで話題は尽きない。

「それじゃあ、上層部の方で、その有名なアーティストさん……？　とのコラボ企画が挙がっているんですか」

「まだ決定ではないから、俺も詳しくは知らないがな」

「きっと企画が決まったら、清彦さんがお役目を一任されますよ」

現在二十五歳の玲央奈より、天野は四つ上の二十九歳だが、その若さで営業部の主任に就くだけあって上からの信頼は厚い。本人は「だろうな」と不本意そうではあるが、優秀な人材は働かされる宿命だ。

ただ玲央奈は、少し不安そうに眉を下げる。

「でも、その……あまり無理しすぎないでくださいね。清彦さんには『守り火の会』の活動もあるんですから」

半妖たちによる半妖たちのための支援団体、通称『守り火の会』。

天野はその会のナンバーツーとして、半妖たちのお悩みを〝依頼〟として請けて、解決する活動も日々行っている。

「今日も仕事のあとに依頼をこなしてきたんですよね？」

「いや、今日は『守り火の会』の会合だったんだ。会のメンバーであれこれ話してきただけだぞ。まあそこで、新たな依頼は受けてきたがな」

「ほら、忙しいじゃないですか！」

玲央奈は飲みかけのマグカップを、つい強めにテーブルに打ちつけた。

コーヒーの黒い水面が波紋を生む。

鬼の半妖は身体能力が高く、あまり寝なくても平気だとか言って、天野はすぐに己の睡眠時間を削って無茶をする。玲央奈はそれが気がかりだった。

「今度はまた、いったいどんな依頼なんですか？」

「それがな……」

どこか気まずそうに、天野は言い淀《よど》む。

「清彦さん？」

「……受けた依頼は、八歳の娘さんの子守りだ。依頼主自身も会のメンバーだから、今回は半ば個人的な頼みを受けたとも言えるな。その娘さんも半妖なんだが、急に体調を崩したそうで心配だと。だが依頼主はどうしても仕事の関係で、今週の土日はその子を置いて家を空けなくてはいけないらしい。父と子だけの家庭だから、その間面倒を見てくれる相手を探していたようだ」

今週の土日って、もう明後日だ。ずいぶん急な依頼である。

子守りをする天野を想像しようとしたが、玲央奈はうまくできなかった。

それどころか、とある条件下のとき、子守りをされる側なのは天野である。これを口にしたら、さしもの天野も嫌がるだろうから言わないが。

「だけど二日間だけの子守りの依頼なら、危険もなさそうですし、そこまで難しい案件でも……」

乳幼児の相手ならまた変わってくるだろうが、八歳なら小学校二、三年生だ。子供好きな玲央奈からすれば、そう手がかかるとは思えなかった。

そもそも今までの依頼が、迷子の化け猫探しだったり、夫婦喧嘩の仲裁だったり、あまつさえ悪いあやかし退治である。それらに比べれば、いかにも安全で平和的な依頼と言えた。

しかし、天野にとっては違うらしい。

「俺は子供の相手はどうにも不得手でな……正直、今回の件は自信がない」

「……清彦さんが弱音を言うなんて珍しいですね」

「だから君に手伝ってほしいんだ」

へっ？と玲央奈は驚きのあまり声が裏返った。

（清彦さんから、私に『手伝ってほしい』って言った……？）

以前までなら絶対、こんなことは言わなかった。

天野は玲央奈をできるだけ、あやかし関係のことに巻き込みたくないようだったし、玲央奈から迫って依頼の手伝いを買って出ていたくらいだから。

信じられなくてまじまじと見つめれば、天野は整った顔をフイッと逸《そ》らす。

「俺はこれでも君を頼りにしているんだ。もちろん、君に危害が及ばない範囲での話だがな。……『夫婦は助けあうもの』、なのだろう？」

それはいつか、玲央奈が軽口で天野に吐いた台詞《せりふ》だ。

玲央奈の心臓がキュウッと絞られる。

「それで、手伝ってくれるか？」

「ま、任せてください！　私も子守り経験が多いわけじゃないですけど、精一杯やりますので！」

前のめりに承諾した玲央奈に、天野は「やる気十分で頼もしいな」と微笑んで、カップを持って立ち上がった。いつの間にか、彼のカップの中のコーヒーは空になっていた。

皿洗いはここ最近ずっと天野の担当なので、夕食に使った分もまとめて今からやってくれるみたいだ。

アイランドキッチンのシンクの前で、天野がシャツを腕まくりする。ほどよく鍛えられた腕が袖から覗《のぞ》いて、その何気ないワンシーンにも、玲央奈はちょっとトキめいてしまって困った。

「そうそう、子守りに行く当日までに、分厚いコートやマフラーの準備をしておくようにな」

「コートやマフラー……？」

「っ！」

確かに最近冷え込んではきているが、まだそんな完全防寒するには早い。

（準備しろというならするけれど……依頼主の方が、ここより寒いところにお住まいなのかしら？）

訝《いぶか》し気な表情の玲央奈に、天野は泡のついたスポンジを動かしながら、「理由は明後日のお楽しみだ」と口角を上げるだけだった。


当日、玲央奈たちは昼前くらいに家を出た。

依頼主の家までは、玲央奈たちのタワマンから車で片道一時間ちょっと。都市部から離れた山の方面にあった。

紅葉が始まって色付く山々に囲まれた、簡素な造りの鉄骨アパート。周囲に年季の入った民家が多いため、比較的新しい建物に感じるが、それでも築年数はそこそこありそうだ。

ここに、依頼主の雪谷《ゆきや》銀一《ぎんいち》と、その子供である六花《りっか》が、親子ふたりで住んでいるらしい。

（ここまでは無事に着いたけど、あのバッグの中身をどうするのかは不明なままなのよね）

アパート前の駐車場に停めた、天野のスタイリッシュな黒の車から降りながら、玲央奈は先に降りた天野に視線を遣《や》る。

正しくは、天野が担いでいるボストンバッグに。

バッグの中には天野に言われたとおり、玲央奈はコートやマフラー、あげくに耳当てや手袋などの防寒グッズまで詰めたが、今のところそれらの出番が来そうにもなかった。

(山で冷えるからかなって思ったけど、持ってきただけで着ていないし……清彦さんの秘密主義は相変わらずだわ。雪谷さん親子がなんの半妖かも、何度聞いても『会えばわかる』と言って教えてくれなかったし……)

「難しい顔をしてどうした、玲央奈。早く行かないともう約束の時間だぞ。銀一さんは短気で気性の荒い人だから、遅れたら怖いぞ」

「ウソですね、旦那さま。さっき車で『銀一さんは温厚な人だから、そう緊張しなくてもいいぞ』って言っていたところじゃないですか」

「そっちがウソかもしれない」

「それこそウソでしょう」

そんな他愛のない掛けあいをしながら、アパートの二階の角部屋のドアを叩く。ドアは待ちかまえていたようにすぐ開いた。

「やあ、天野くん。待っていたよ、今日は急な頼みでごめんな」

出てきた銀一は、三十代半ばくらいか。百八十六センチある天野よりも高い、百九十センチ近くある長身の痩せ型で、ひょろりと縦に長かった。特徴の薄い素朴な顔立ちで、いかにも人が良さそうだ。

「こちらが電話で連れてくるって話していた、天野くんの婚約者の玲央奈さんだよね。すごくきれいな人だなあ、よろしくね」

「は、はい」

臆面もなく玲央奈を褒めて、笑いかける様も朗らかだ。

（どこが短気で気性が荒いのよ）

握手を求めてきた銀一の手を握り返しながら、玲央奈は隣の天邪鬼な旦那さまをさりげなく睨《にら》む。

天野の方は睨みを軽く躱《かわ》して、銀一に「それで、娘さんの容態は？」と素知らぬ顔で問いかけていた。

「娘……あっ、ああ、娘な。六花は寝室にいるよ。学校帰りにいきなり体調を崩したそうだけど、症状自体は倦怠感《けんたいかん》があるだけの軽い風邪っぽいかな。とりあえず部屋まで案内するな」

玲央奈は銀一の返答に、「ん？」と違和感を覚える。

しかし初対面で下手に突っ込むわけにもいかず、銀一のあとに続いておとなしく家にあがった。中は外観より広い印象で、間取りは2DKのようだ。

親子共同で使っているという寝室は、固くドアが閉ざされていた。銀一がノックをして「入るよ」とドアノブを回す。

途端、流れてきた冷気に玲央奈は体をブルリと震わせた。

「な、なんでこんな寒いんですか……!?」

室内自体はいたって普通だ。クローゼットに、教科書の類いが詰め込まれた本棚。部屋の大半を占めるベッドはセミダブルほどの大きさで、こんもりと布団が膨れていることから、そこに六花がいることがわかる。

だがそれにしたって、気温の低さが尋常じゃない。

玲央奈の気のせいでなければ、ベッドのヘッドボードの一部や枕が、カチンコチンに凍っているようにも見えた。

冷蔵庫を通り越して、これでは冷凍庫の中にいるようだ。

「だからコートやマフラーの準備がいると言っただろう?」

ふわりと、玲央奈の肩が温かいなにかに包まれる。

いつの間にボストンバッグから取り出したのか、天野がもこもこのボアコートを玲央奈にかけてくれていた。

「あ、ありがとうございます」

戸惑いながらも礼を述べ、玲央奈はその温かさに安堵《あんど》する。天野も颯爽《さっそう》とネイビーのチェスターコートを羽織った。

家の中に入ってから、コートの出番が来るなどおかしな話だ。

だがここまでくれば玲央奈だって、この寒さこそが、六花の半妖の力によるものなのだと察しがつく。

「ご、ごめん！　先に注意してからドアを開けるべきだったね。六花はこのとおり『雪女』の半妖で、周囲の気温を下げたり、触れたものを生き物以外の無機物限定で凍らせたりできるんだけど、体調を崩すと力の制御が利かなくなってしまうんだ。それでしばらく、小学校も休ませていて……」

申し訳なさそうに謝る銀一は、薄手のシャツ一枚なのに寒がる素振りもない。

もしかしてこの人も……と玲央奈が思案していれば、天野が「ちなみに銀一さんは『雪鬼《ゆきおに》』の半妖だぞ」とようやく教えてくれた。

「雪鬼？　清彦さんと同じ〝鬼〟の半妖なんですか？」

「天野くんほど力は強くないけどね。『雪女』と『雪鬼』も、どっちも〝雪〟に関するあやかしだけど、分類的には別物だよ。僕は能力的にも〝寒さに異常に強い〟ってだけでショボいから、六花の方がはるかにすごいし」

つまり銀一は、半妖とは名ばかりのほぼ普通の人のようだ。

ふと、そこで銀一は腕時計をチラ見して「ああ、もう時間がない！」と血相を変える。

「僕はもう仕事に行くね！　この家にあるものは食材でも電化製品でも、なんでも好きに使ってくれていいから！　六花のことをくれぐれも頼んだよ、天野くん、玲央奈さん！」

そう早口に告げたあと、銀一は「えっと、行ってくるな、六花」と、ぎこちなく布団の膨らみに声をかけて、慌ただしく去ってしまった。

託された玲央奈たちは顔を見あわせる。

「ひとまず、六花ちゃんが起きてくるまで待ちますか？　無理に起こしてもかわいそうですし……」

「そうだな。家のものは自由に使っていいそうだし、コーヒーでもないか探してありがたく一息つこう」

ふたりは音を立てないように、静かに寝室のドアをいったん閉めた。

一息つく前に一応、他の部屋も確認程度に探索しておく。もうひとつの部屋にはソファとテレビがあって、カラーボックスなども置かれていた。お風呂場やお手洗いの場所も見て、ダイニングに移動する。

天野と玲央奈は小さめのダイニングテーブルにつき、コーヒーの粉がなかったので、ペットボトルの麦茶をグラスに注いだ。

氷漬けの部屋を出たら気温は戻ったので、お互いコートは脱いで椅子の背にかけている。

「ところで、銀一さんはなんのお仕事をされているんですか？」

「ああ、彼は公務員だ。市役所の職員だったかな」

「ウソですね、旦那さま。ラフすぎる格好で出ていかれましたし、当たり前のように土日出勤しているじゃないですか」

「バレたか。銀一さんの職業……というか職場は、なかなかにおもしろいところだぞ。他に類のない職場だ。彼が帰ってきたら聞いてみるといい」

「清彦さんじゃまともに教えてくれませんもんね」

「やれやれ、信用がないな」

玲央奈と天野が雑談をしていると、やがてペタペタとペンギンのような足音がダイニングに近づいてきた。

同時に、ひんやりとした冷気も。

冷気を纏わせ、寝ぼけまなこを擦《こす》りながら現れたのは、青いパジャマを着た美少女だ。この子が六花だろう。

サラサラと流れる黒髪ロングのストレートヘアに、目鼻立ちのはっきりとしたきれい系の面立ち。八歳という歳のわりには大人びた印象の、将来有望だろうその容姿は、〝クールそうな美人〟だとよく称される玲央奈と似通っている部分もある。

だけど素朴な容姿の銀一とは、あまり似ていなかった。

「あなたたち……誰？　まさか不審者？　強盗？　うちを家探ししたって、ろくなものないから」

六花は纏う冷気と同じくらい冷え切った目と声で、玲央奈たちを警戒心たっぷりに見据えてくる。子供特有の高い声は可愛らしいのに、言っていることはまったく可愛くない。

「ふ、不審者でも強盗でもないよ。私たちは銀一さんに頼まれて……！」

「ああ、おねえさんたち、ギンの知りあいなのね。誰か来るって、ギンが言っていた気もするわ」

『ギン』とは銀一のあだ名か。

ほんの少しだが警戒を緩めた六花の前に、天野が目線をあわせるようにしゃがみ込む。

「そう、俺たちは銀一さんの知りあいだ。俺は天野清彦、あっちは俺のお嫁さんの玲央奈。銀一さんがお仕事に行っている間、君の看病を頼まれたんだよ」

「別に看病なんていらないのに……ギンのお仕事中はいつも、おうちのことは自分でやっているもの。ひとりでも平気よ。おねえさんたちは帰っていいから」

ツンツンとした態度を取る六花。

顔をあわせてまだ数分だが、手強いお子様であることは明白だ。

だけど体は正直で、きゅるるると六花のお腹から、なんとも間抜けな音が鳴った。

六花は慌てて腹部を押さえるが、隠そうとしても遅い。

「六花ちゃん、お腹空いているの？　もうお昼過ぎているもんね。私がすぐになにか作るよ」

「じ、自分でなんとかするってば！　いつも私ひとりで……！」

「銀一さんから事前に聞いた話によると、いつも銀一さんが仕事前におかずを作り置きして、それを君は温めて食べているそうだな。だけど今日は食事面も俺たちが任されているから、君の大好きな銀一さんのご飯はないぞ」

「……ギンのことなんて、好きでもなんでもないし」

小声でボソッと憎まれ口をたたきながらも、六花は観念したようだ。「俺のお嫁さんの料理は旨いぞ」と笑う天野に、「まあ、ちょっとなら食べてあげてもいいけど」なんて生意気な返事をしている。

（このくらいの生意気さなら、許容範囲だけど）

玲央奈は小さく苦笑した。

「じゃあ頑張って作るね。冷蔵庫の中を見てからだけど、おかゆとかうどんとか、体調が悪いときでも食べやすいものにするよ」

「……うどんなら、麺がひとつだけあるわ。一昨日ギンが買ってきたの」

「それならうどんで。具材はあるものを使わせてもらうね。あっ、好き嫌いやアレルギーは？　あたたかいものとかも平気？」

最後の質問は、六花の『雪女』の半妖という面を、玲央奈なりに考慮した上だ。食べたら溶けるなんてことはさすがにないだろうが、単に熱いものは苦手かもしれないと考えて……だけど六花は、特にNGはないようだった。そのあたりは、半妖の特性とは関係ないらしい。

「わかったよ、じゃあ少し待っていてね」

サクッと作ってしまおうと、玲央奈はバッグからエプロンを取り出す。クリーム色の、フロントで紐《ひも》を結ぶタイプのマイエプロンは、看病ならいるかなと想定して持ってきたのだ。

「俺も手伝おうか？　お嫁さん」

「旦那さまはおとなしく、そこのテーブルで六花ちゃんと待っていてください。余計なことはくれぐれもしないように」

「手厳しいな」

「安全性を優先したまでです」

天野はコーヒーを淹れるのはうまいが、その他の調理は壊滅的だ。

完璧超人な天野の意外な弱点は料理である。人様の家のキッチンを荒らしてはいけない。

「へえ、けっこういろいろあるのね」

雪谷家のダイニングキッチンは、天野宅のアイランドキッチンよりは狭いものの、十分な調理器具がそろっていた。調味料の種類も充実している。

（おかずをマメに作り置きしているみたいだし、銀一さんはお料理のできるパパさんなのね）

玲央奈は感心しながら、冷蔵庫の中を物色した。

うどんの麺は早々に発見し、あとは具材に使えそうな卵と三葉。

ついでに赤々と熟れたりんごが三つ。

（卵があるなら卵とじうどんができそうね。お湯を沸かしている間に、りんごをひとつ、食後のデザート用に切っちゃおうかしら）

天野に反して、料理が得意な玲央奈には、りんごの皮むきも飾り切りもお手のものだ。

鍋に水を入れて火にかけ、それから包丁を巧みに操って、スルスルとりんごをウサギの形にしていく。皮でできた耳はツンと尖《とが》っていて愛嬌《あいきょう》抜群だ。

この切りかたを、玲央奈は亡き母である玲香《れいか》に教わった。

玲香も料理が得意で、おまけにあやかしの見える人だった。

彼女が玲央奈にくれたお守りは、あやかし避けの力をわずかながらも秘めており、長い間玲央奈を守ってくれていた。効果が切れた今でも、玲央奈は大切に持ち歩いている。

また、あのお守りは、玲央奈が生まれる前に亡くなった父との絆《きずな》でもあった。

「……よし、完成」

できたウサギりんごを一匹一匹、お皿に並べながら、玲央奈は遠い過去に想いを馳せる。

母が初めて自分にこれを作ってくれたのは、ちょうど玲央奈が六花と同い年くらいのときだ。幼い玲央奈は風邪をひいて、学校を休んで寝込んでいた。

ベッドの中で心細くて仕方なかった玲央奈に、玲香は「大丈夫よ、お母さんがそばにいるからね」と、つきっきりで看病してくれた。体が弱ると心も弱るもので、玲央奈はめったにないほど玲香にベッタリ甘えたものだ。

（好きでもなんでもないなんて口では言っていたけど、六花ちゃんもきっと、できるなら銀一さんにそばにいてほしいわよね……）

そんな素振りは今のところ見えないものの、あの六花の性格では表に出さないだろうし、内心ではこの状況を寂しがっているかもしれない。

六花のことを想いながら、ウサギりんごを並べ終えたところで、ぐつぐつとお湯が沸いた。うどんつゆは白出汁があったので、そのまま薄めて使う。白出汁はなんにでも使えて、これひとつでおいしくなる魔法の調味料だ。

溶き卵を鍋に注いでふわふわの卵を作り、うどんの麺に卵を絡め、仕上げに三葉を切って散らす。

人様の家の食器棚からどんぶりを探すのには少々手間取ったが、無事に卵とじうどんも完成した。

「はい、六花ちゃん。りんごも一緒にどうぞ」

ダイニングテーブルについて、存外おとなしく待っていた六花の前に、ホカホカのうどんとウサギりんごを置いてやる。六花は心なしか、ウサギりんごに反応して目を輝かせた。

六花の前に座って、ポツポツとだが話し相手を務めていたらしい天野も、「君の料理は常に芸が細かいな」と感心している。

「りんごをウサギにするくらいなら簡単ですよ」

「俺はできないぞ」

「なんで偉そうに言うんですか」

堂々と『できない宣言』をする天野に続き、六花も「……たぶん、ギンもできないわ」と呟く。

「ギンの料理は、味は悪くないけど、見た目はいつも酷《ひど》いの。りんごも切らせたらガタガタよ」

「そ、そうなんだ」

それなら六花は、りんごの飾り切りなど見るのは初めてなのかもしれない。さっきからウサギりんごに意識を奪われていて、うどんはスルー状態だ。

「うどん、先に食べないと麺が伸びちゃうよ。お箸はこれで良かったかな」

「うん……あっ！」

玲央奈が手渡した木箸は、六花が受け取った瞬間、触れたところから半分がパキンッと凍ってしまった。

凍った箸は、うどんにポチャン！とダイブする。銀一も話していたが、現在の六花は本当に力のコントロールが効かないようだ。

六花の小さな顔が、サッと青ざめる。

「だ、大丈夫だよ！　お箸を取り除いて、うどんはレンジで温め直せばいいだけだから！」

玲央奈は努めて明るく六花を慰め、天野も「そうだ、気にすることはない」と援護してくれた。

「俺の幼馴染みのユウって奴も、『妖狐』の半妖なんだがな。自分の姿を別人に変える〝変化《へんげ》〟の能力を持っているんだが、昔は君みたいに力が安定しなくて、一分に一回は別人に変化していたぞ」

（これは確実にウソですね）

そう玲央奈はすぐにわかったが、天野なりの慰めかただと思って指摘はしなかった。

やり玉に挙げられた稲荷には心の中で合掌しておく。

だがふたりから励まされても、六花の顔は青いままだ。

「こんなのだと……また捨てられちゃう……ギンにもどうせ……」

「捨てるって……あっ、六花ちゃん！」

ガタッと椅子をひっくり返す勢いで立ち上がり、六花は一目散に部屋を出ていった。

寝室の方でドアが激しく閉まる音が響く。

しばし呆然《ぼうぜん》としていたが、玲央奈は走り去る直前の六花の様子を反芻《はんすう》し、もしかして……と、隣に来た天野におずおずと伺う。

「銀一さんと六花ちゃんって、あの……」

「気づいたか。君の予想どおり、ふたりは血の繋《つな》がった親子ではないんだ。銀一さんにとって、六花は遠い親戚の子で、実の親は別にいる。そもそも遠縁ならまだしも、直系の親族で違うあやかしの半妖なんて、かなりのレアケースだからな」

やはりそうだったのかと、玲央奈は納得せざるを得なかった。六花の『また捨てられる』という発言もそうだが、銀一の六花への接しかたも、どこか遠慮がちな気がしたのだ。

天野は訥々《とつとつ》と雪谷家の事情を明かす。

「実の親は六花を置いて家を出ていったきりで、その後は親戚中をたらい回しだったそうでな。半妖の能力のこともあって、受け入れてくれる先がなかなか見つからなかったんだろう。やっと銀一さんのところまで話が届いて、銀一さん自ら引き取りたいと申し出たんだ。ふたりは一緒に暮らして半年とちょっとで、まだ一年も経っていないと聞いている」

それでは、〝家族〟になって間もないのか。

奇《き》しくも銀一と六花が半妖同士で、能力的にも相性が良かったこともあり、生活自体は基本的にうまくいっているようだが……。

「六花はあのとおり、これまでの環境から、容易に大人を信じ切れずにいるようだな。彼女の心を少し読ませてもらったが、銀一さんのことは確実に好きになっているのに、好きになった分、いつかまた過去のように、捨てられるかもしれないことを恐れている。その恐れを見せまいと虚勢を張っているな」

知らぬ間に、天野は天邪鬼の能力を使って、六花の心を読んでいたらしい。玲央奈は渋い表情を浮かべる。

「そんな恐れなんてなくなるように、銀一さんに頑張ってほしいところですけど……。当の銀一さんはどう思っているんでしょう？」

「彼は彼で微妙に勘違いしていてな……自分が単純に、六花に嫌われていると思い込んでいるんだ。俺に今回の依頼をしたとき、彼は『僕としてはもっと仲良くなりたいんだけど、たぶん僕がいろいろと不甲斐《ふがい》ないせいで、六花がちっとも懐いてくれないんだ』などと残念そうに零《こぼ》していたぞ」

その勘違いもあって、銀一は六花に遠慮した態度を取る。すると六花は銀一を信じたくても信じられないまま、結果としてふたりの距離はいっこうに縮まらない。

負の連鎖が起きている、ややこしい問題だ。

なんとか解決できないものかと悩める玲央奈の背を、ポンポンと天野が軽く諫《いさ》めるように叩く。

「人様の家庭事情に首を突っ込んでも、余計にこじれるだけだぞ。君はすぐ人のことばかり考えすぎる。お嫁さんのお人好しにも困ったものだ」

「……私は旦那さまの天邪鬼さに困っていますけど」

「ではお互い治らないな。ただそれでも、深入りはほどほどにしておくといい。……そんなことより、うどんはこれ以上放っておいたら、本当に麺が伸びるぞ？」

「あ……一応、六花ちゃんに食べないか聞いてみます！」

天の岩戸よろしく、固く閉ざされた六花の寝室まで赴き、玲央奈はドア越しに声をかけてみる。

「六花ちゃん、うどんはもういらない？」

「…………」

「少しでもどうかな？」

「…………」

「き、気が向いたらまた作るから、いつでも言ってね！」

「…………」

返事は得られず、玲央奈はすごすごとダイニングに戻った。

一口も食べてもらえなかったうどんを前に、しゅんと眉を下げる。

「六花ちゃんはいらないみたいです……これ、どうしましょう」

麺類ゆえに保存はできないし、捨てる選択肢はないとしても、作った玲央奈自身がひとりで食べるのはどうにも虚しかった。

そこでひょいっと、「そういうことなら俺がいただこうか」と天野がどんぶりを持ちあげる。

「えっと、清彦さんが食べるんですか……？」

「箸を取り除いて、温め直せば大丈夫なんだろう？　俺もちょうど腹が空いてきたところだ」

「……そう、ですか」

玲央奈と天野は、ここに来るまでの車中で、昼ご飯としてコンビニで買ったホットフードやサンドイッチをしっかり食べてきていた。おそらく天野は空腹などではないだろう。

彼らしいウソだったが、玲央奈は普通に嬉《うれ》しかった。

「なにを笑っているんだ？」

「内緒です」

天野は結局、空腹だという体《てい》を貫いて、汁一滴残さず玲央奈作のうどんを胃に収め切ってくれた。


六花はなかなか、寝室から出てこなかった。

玲央奈は何度か様子を見に行き、幸い部屋には鍵自体ついていなかったので、こっそりドアを開けて中も確認した。そのときはベッドがこんもり膨れていて、深く寝入っているようだった。

そんな六花が寝室からようやく出てきたのは、もう十五時を過ぎた頃だ。

「お、おねえさん、えっと……」

「あっ、六花ちゃん！」

六花はダイニングのドアの横から顔を半分だけ出し、視線をさまよわせて気まずそうにしている。

ダイニングテーブルを借りて、持ち込んだ文庫本を読んでいた玲央奈は、そんな六花の訪れにパタリと本を閉じた。六花は愛らしい唇をもごもごと動かす。

「さっきは、えっと、私のためにご飯を作ってくれたのに、その……」

今にも消え入りそうな声だったが、六花は確かに「ごめんなさい」と謝った。

その意外な素直さに玲央奈は驚きながらも、この子は根がきっといい子なのだろうなと、ふんわりした気持ちになる。それか人のいい銀一と、なんやかんやでも共に暮らしている影響もあるのかもしれない。

玲央奈は怖がらせないように、ゆっくりと歩いて六花のそばまで行く。

「六花ちゃんが謝る必要はないわ。うどんはこっちで食べたし、私はちっとも怒ってないから、気にしないで」

玲央奈は思い切ってよしよしと、六花の頭を撫でる。六花はビクリと肩を跳ねさせ、

「か、勝手に撫でないでよ!」と反発しながらも、玲央奈の手を振り払うようなことはしなかった。

それをいいことに、玲央奈はまだ枝毛知らずのサラサラの髪を楽しむ。

すると六花もほんのわずかだが、心地良さそうに瞳を細めた。

(たぶん六花ちゃんとは、積極的に触れあった方が良さそうね。銀一さんも遠慮なんてしないで、どんどんかまってあげるのがきっと正解なのに)

余計なお世話であることは承知の上で、玲央奈はそんなことを考える。六花のこれまでのつらい環境を想えば、今度こそ銀一のもとで、憂いもなく心健やかにいてほしいと願わざるを得ない。

(そのためにはやっぱりまず、銀一さんとのすれ違い問題を解決する必要があるわよね……でも)

天野には『深入りはほどほどに』と釘を刺されたところだ。彼の言うことも確かに正しい。

なお、玲央奈にそう言った本人は、買い物に出ており今は不在だ。

(今回の依頼は六花ちゃんの〝子守り〟であって、〝家庭内の問題解消〟ではないことくらい、わかってはいるんだけど……)

うーんともどかしさを抱えながら、玲央奈は思考をいったん切り替えて、六花の頭

から パッと手を離す。

「……六花ちゃん、お腹ペコペコよね？　今ね、清彦さんにお買い物に出てもらっているから。うどんの麺も頼んだし、卵とじうどんもまた作れるよ」

「……うどん、食べたい」

「了解。もうすぐ戻ってくるだろうし、りんごでも食べて待っていようか。デザートが先になっちゃうけどいいわよね？」

六花が頷いたので、玲央奈は冷蔵庫に入れておいたりんごを取ってくる。六花は椅子に足を投げ出して座り、ウサギりんごを無言でシャクシャクと咀嚼《そしゃく》していたが、またしても途中でひとつ、りんごを凍らせてしまった。

「れ、冷凍りんご！　これは冷凍りんごだよ！　それはそれで食べられるしおいしいよ！」

すかさず玲央奈はフォローを入れた。

六花は凍ったりんごを皿に戻して、少しだけ泣きそうな顔になる。

「おねえさんは優しいのね。あのおにいさんも。……ギンも優しいわ、それもとびっきり。私が初めてこの家に来た日もね、おやつにギンがりんごを切ったの。ガタガタだったけど……。そのとき私ね、緊張しすぎて体調があんまり良くなくて、今みたいにりんごを凍らせちゃった」

「……銀一さんは、怒ったり呆《あき》れたりした？」

「『シャーベットにすれば問題ない！』って」

「アレンジしてくれたんだ」

（なるほど、シャーベットって手もあったわね）

銀一が六花を悲しませないよう、必死に趣向を凝らす姿が、玲央奈の目にも浮かぶようだった。

そんな銀一が、今さら無責任に六花を放りだす、六花に言わせると〝捨てる〟なんてことは、玲央奈にとっては「それはないだろう」と言い切れる発想だ。

だけど当の六花からすれば違うらしい。

「ギンは優しいよ。優しいけど、私を引き取った〝大人の責任〟があるから、それで優しくしてくれているだけかもって疑っちゃう。可愛くない態度ばかり取っちゃう私なんて、心の中では邪魔に思っているのかもって……」

「六花ちゃん……」

「ギンが私を捨ててきた人たちとは違うこと、本当はちゃんとわかっているはずなのに」

それはポロリと漏れた、虚勢の裏に潜んだ六花の本音だった。

それからほどなくして、買い物袋を携えた天野が戻ってくる。頭を撫でることに成功したからか、多少は本音を吐露してくれた六花だが、あとはもうこれといって銀一のことは語らなかった。

玲央奈が再度作ったうどんを食べたあと、念のために飲んだ市販の風邪薬がすぐ効いたようで、六花はあくびを零してまたもや寝室に入っていった。

銀一が帰宅したのは、六花が寝てから三時間は経った夜の二十時だ。

「天野くんも玲央奈さんも、今日はありがとう！　六花はどうだった？　具合は悪そうじゃなかったかな……？」

「いや、体調は確実に回復しているようでしたよ。合間に物は凍らせていましたが、薬を飲んで寝てからはベッド周辺も無事でしたし」

天野の答えに、銀一は「そっか、良かった」と胸を撫で下ろす。

六花はまだ寝室だ。玲央奈たちは今ダイニングに集まっているが、『子守り一日目終了』ということで、玲央奈と天野は帰り支度をすませて、もうじき退散するところである。

「明日も同じ時間にお伺いすればいいんですよね？」

「うん。まだ六花ひとりにするには心配だし、明日もお願いできたら……」

「あ、あの」

天野と銀一の会話の合間に、玲央奈はやんわり口を挟む。

「ホワイトシチュー、鍋に作っておいたので、六花ちゃんが起きたらおふたりで夕食に食べてください。……六花ちゃんは、その、もっと銀一さんにそばにいてほしそうだったので、差し出がましいことを言うようですが、起きたらなるべく寄り添ってあげてくれたら」

銀一の柔和そうな目が、戸惑いに揺れる。

「僕にそばにいてほしいって……それ、六花が口にしたのかい？」

「く、口にはしていませんが……」

「……そっか。それなら六花は、そんなことはたぶん思っていないよ。僕からかまっても、うっとうしがられるだけだろうなあ、きっと。僕、残念だけど嫌われているからさ」

ははっと空笑いをする銀一。

天野から聞いていたとはいえ、銀一の『六花に嫌われている』という思い込みが予想より根深く、玲央奈は頭を抱えてしまう。

銀一がこれでは、意地っ張りな六花からは甘えることも、距離を縮めることもできない。

「い、いいえ、ですから！」

「うん、わかったよ。六花が起きたら、とりあえず一緒にシチューをいただくよ。いろいろと気も遣ってもらってごめんね」

（伝わらないにもほどがあるわ……！）

玲央奈はいい加減もどかしくて仕方なくなってきたが、これ以上下手に言い募ることもできずに引き下がった。天野が玲央奈の肩にそっと手を置く。

「帰るぞ、玲央奈」

「はい……」

山間部を走る、帰りの車の中。

薄闇に縁どられて、均整の取れた美貌が際立つ天野の横顔を眺めながら、玲央奈は「あの、清彦さん」と改まって名前を呼んだ。

「ああ、君の言いたいことはすでに理解している。俺のお嫁さんのお人好しが、どうあがいても治りそうにもないことも な」

「……すみません」

「いいさ。俺も銀一さんと六花を見ていると、昔のことを思い出して、ガラにもなく放っておけなくなってきたところだ」

「昔のことですか？」

「俺がオババ様の施設に預けられたばかりの頃のことだ」

オババ様とは、『守り火の会』の元締めで、天野や稲荷の育ての親に当たる人物だ。

相当の資産家で、手広く事業を手掛けており、半妖の子供専門の施設なども運営している。

天野は実の両親に疎まれて、オババ様に預けられて育った。

確かに境遇を取れば六花と近いものはある。

「当時の俺は、今の六花よりもよほど尖っていて、オババ様が向けてくれる愛情なんて微塵も信用していなかったぞ。今でもオババ様に弄《いじ》られるんだ、『手負いの鬼が懐いてくれるまで、懐柔するのが大変だったわ』って」

「清彦さんは……まあ、六花ちゃんより手強そうですよね……」

だがオババ様も、銀一より確実に手強い人物ではあるので、血の繋がりなどは関係なく〝この親にしてこの子あり〟な感じはする。

「銀一さんと六花の場合は、なにかきっかけがあって、六花が今より銀一さんの愛情をちゃんと信じられたら、問題はすぐ解決するだろう。六花が銀一さんに甘えを見せられたら、銀一さんの方の『六花に嫌われている』なんて誤解もなくなるさ」

「でもそのきっかけが難しいのでは……？」

「だから俺が一肌脱いでやる」

フロントガラスに映る切れ長の瞳が、いたずらっ子のように細まった。

「なにをするつもりですか、旦那さま」

怪訝な表情を浮かべる玲央奈に、天野は「なんてことはない」とニヒルに口角を上げてみせる。

いたずらっ子の瞳から一転、今度は悪い大人の笑みだ。

「きっかけがないなら作ればいい。ウソつきな天邪鬼らしく、明日はちょっとしたウソをついてみるだけだ」


一晩が経過して、子守り二日目。

天野たちが訪れた時点から、六花の顔色は明らかに昨日よりよくなっていて、体調はもうほとんど全快したようだった。力の制御も効くようになり、コートやマフラーは御役御免になった。

おまけに多少なりとも、昨日の今日で六花の懐に入れたようで、銀一を見送ったあとも三人で比較的穏やかに過ごしている。

「うん、卵のふわとろさが理想的だわ」

玲央奈は台所で、皿に乗せたオムライスを前に満足気に頷《うなず》く。

時刻はお昼をちょっと回ったところ。

六花の体調的にも、もう病人用のご飯でなくてもいいだろうと、玲央奈はデミグラスソースの半熟オムライスと、簡単なレタスサラダを作った。本日は共に食卓についたので、玲央奈と天野の分も含めて三人分。デザートにはまだ残っていたりんごをコンポートにした。

オムライスは卵の半熟加減にこだわり、手作りのデミグラスソースも子供向けに甘めに調節。レタスサラダには市販の胡麻ドレッシングをかけ、ミニトマトをちょこんと添えた。

コンポートはりんごを砂糖でコトコトと煮ただけだが、冷凍庫にあったバニラアイスを添えたらそれなりに立派な出来に見える。

「入ります……ご飯、できましたよ」

玲央奈はエプロン姿のまま台所を出て、寝室の隣の部屋をノックして開ける。

玲央奈の調理中、天野と六花はこの部屋でテレビを見ていた。なんでも、六花のお気に入りの番組の再放送がやっているらしい。

簡素なふたりがけのソファに天野と六花は並んで座り、玲央奈の登場にも気づかずテレビに集中している。

「おにいさんは、このヒロインはどっちとくっつくと思う？」

「最初に告白したタカシの方だろうな。ヒロインのヒロコは確実にあっちに惹かれているだろう」

「そうかな？　私はあとから告白したセイジの方だと思うけど。おにいさん、意外と女心がわからないのね」

「ほう。なんでそっちだと思うんだ？」

「セイジの方が〝かいしょう〟があるもの」

……お子様向けのアニメかと思いきや、三角関係がテーマのドロドロな恋愛ドラマを視聴していた。テレビの中では、なにやらヒロインらしき女性が涙ながらに叫んでいる。

ただ内容はともかく、ふたりそろって真剣に、ドラマの感想を言いあう光景は微笑ましい。

（子供の相手は不得手なんだとか言っていたくせに、しっかり面倒を見ているじゃないですか）

昨日はあまり、六花と接しているところが見られなかった天野だが、いつの間にかそれなりに六花と付きあえている。玲央奈はついつい、天野との間に子供ができたら、彼はいいパパになりそうだな……などと想像してしまった。

（って、私はなにを想像しているの!?）

ひとりで赤くなっていたら、ようやく天野が玲央奈の存在に気づく。

「どうした、顔が真っ赤だぞ。動きもおかしいし……まさか君の方こそ、具合が悪いのか？」

「いいえ！　私はなんともないのでおかまいなく！」

「熱があるかもしれないな……」

「ないですって！」

寄ってきた天野は、熱を測るつもりなのか、玲央奈の額に手を伸ばそうとしてくる。

彼はたびたび、玲央奈限定で過保護を発揮するのだ。

「私は元気ですので、六花ちゃんとご飯を食べにきてください！」

玲央奈は狼狽《ろうばい》しながらも、ダイニングに六花と共に来るよう促した。

天野と玲央奈の茶番とも言えるやり取りに、六花は「このドラマより胸焼けしそう」なんてお子様らしからぬ発言をしている。

そんな六花だったが、玲央奈作のオムライスはお気に召したようで、スプーンをどんどん動かしていた。サラダのミニトマトのヘタを取りながら、銀一が作るオムライスの話もしてくれた。

銀一のオムライスは玲央奈作のものとは反して、薄く固めに焼いた卵でケチャップライスを包む、昔ながらの王道スタイル。だけど、卵からいつもライスがはみでているそうだ。

「卵がやぶれていることもあったし」

「な、慣れもあるからね、そういうのは」

玲央奈は今度、銀一と共に料理をして、さりげなくいろいろと料理のコツを教えてあげたくなった。

食後は、今度は三人で例の恋愛ドラマ鑑賞をした。リアルタイムでやっていたのは第二シーズンで、第一シーズンのＤＶＤは全巻まとめて雪谷宅にあった。銀一が六花のために買ったことは明白で、これが見始めると意外とハマる。

ヒロインの行く末を一気に追いかけていたら、あっという間に夕方。

まだなにも仕掛ける気配のない天野に、玲央奈はソワソワする。

（昨日の帰りの車で、清彦さんは策があるっぽいことを言っていたのに。どれだけ聞いても、詳しくは教えてくれなかったのよね）

銀一は昨日より帰りが早いそうなので、もう仕事が終わる頃か。彼が帰ってきてから、天野は仕掛けるつもりなのだろうか……と、玲央奈は難しい顔で、お玉でグルグルと鍋をかき混ぜる。

本日の夕食用に用意したのは、具沢山のポトフだ。

にんじんやじゃがいもなどのお野菜がゴロゴロ入っていて、これ一品でも十分に食卓を彩れる。

「ん、そろそろ時間だな」

ダイニングテーブルで、持参した仕事用のノートパソコンを開いていた天野が、画面から顔をあげた。

六花は学校の宿題を片づけるため、天野の向かいで算数のプリントを広げている。

幸いなことに六花は、学校では力を暴走させたことはなく、仲の良い友達もひとりだけだがいて、存外問題なくやれているらしい。算数は苦手だそうだが成績もいいようだ。

やはり目下の問題は、銀一とのすれ違いのみなのだ。

「時間って、なんの時間ですか？」

「電話でメッセージを入れておく時間だよ。少しかけてくるな」

首を傾げる玲央奈にそう言って、天野はスマホを持ってダイニングを出ていく。

『守り火の会』関係の電話だろうか。

「おねえさん、ブクブクって音がしているよ。お鍋じゃない？」

「わっ！」

カウンター越しに六花に指摘され、慌てて火を止める。

（つ、強火で煮込みすぎちゃった）

だけど、こちらはこれで完成だ。

もう一品くらい副菜も作っておこうか……と、玲央奈が冷蔵庫を開けたところで、ものの数分程度で天野は戻ってきた。

「もう電話は終わったんですか？」

「ああ」

天野は無造作にスマホをテーブルに置く。

そこからは、算数の文章問題でわからないところがあるという六花に、天野が教師並みの理路整然とした解説を始めた。副菜の小エビの卵炒めを作り終えてから、玲央奈も何気なくお勉強会の様子を見守る。

「ふーん、こうすれば解けるのね。初めてひとりで解けたわ」

「理屈がわかれば簡単だろう？」

「おにいさんの説明、学校の先生よりわかりやすいわ。あの先生の授業は眠いし、いつも退屈なの」

「教えかたによって授業は大きく変わってくるからな」

「おにいさんも学校の先生なの？」

「ああ、俺は高校で教師をしている。数学教師だ」

「それっぽいウソをシレッとつかないでください、旦那さま」

三人でそんな会話をしているときだった。

バーン！と凄《すさ》まじい音が玄関から響く。アパート全体を揺るがしかねないくらいの轟音で、驚いた六花の手から鉛筆がコロリと床に落ちた。

次いで銀一が、必死な形相でダイニングに転がり込んでくる。

「六花！　六花は……っ！」

ポカンと呆気に取られる玲央奈。

呼ばれて椅子から立ち上がった六花を、銀一は長身を折り曲げて一目散にむぎゅっ！と抱き締めた。

「ギ、ギン？　なに、どうしたの？」

銀一の腕の中で六花は困惑顔だ。こんなふうに抱き締められるなんて、もしかしたら今が初めての体験なのかもしれない。

だけどその事実を抜きにしても、銀一の様子は尋常ではなく、六花が戸惑うのも無理はなかった。

銀一は髪がボサボサに乱れて、ゼーハーと肩で息をしていた。

もう冬も目前だというのに、額からは汗も伝っている。

しかも職場から着替えもせずそのまま来たのか、仕事着らしい浅葱色《あさぎいろ》の法被を、白シャツの上から羽織っていた。背中にはでかでかと【宵】の丸印が入っている。法被の襟にも『真宵亭《まよいてい》』の文字があり、どうやら店の名前のようだ。

銀一の職業について、玲央奈は聞きそびれていたが、この格好や店名から、勤め先は和風小料理屋か温泉宿といったところだろうか。

天野が『他に類のない職場』と評していた点は気になるが、今はそんなこと質問できそうにない。

「六花、体は大丈夫か？　つらくはないか？　起きていても平気なのか？　君になにかあったら僕は……！」

「もう体調は良くなったし！　い、いいからもう離してよ！」

「でも、天野くんが……」

六花が無事とわかり、ようやく腕の拘束を緩めた銀一が、チラッと天野に視線を遣る。

「仕事終わりにスマホを見たら、天野くんからメッセージが入っていたんだ。ものすごく悲痛な声で『六花の体調が急に悪化して……そこら中を氷漬けにしながら、とても苦しそうにしています。急いで帰ってきてください』なんて言うから、もう焦って焦って。何度電話しても天野くんは出てくれないし、自転車を死に物狂いで漕《こ》いで帰ってきたんだよ」

車を所持していない銀一は、基本的に自転車通勤だ。

玲央奈はこれこそが天野の策かと悟る。

（なんというか……清彦さんらしい、意地の悪いやりかただわ）

銀一は天野に「ね、ねえ、天野くん！　あのメッセージはなんだったんだい

!?」と問い詰めるが、天野は「なんのことか、俺にはサッパリですね」と軽く躱している。

「ウソにしてもひどいよ、天野くん……僕は六花が一大事だと思って、死ぬほど焦ったのに……」

「……ギンは、えっと、私のために、そんな必死になったの？」

まだ半信半疑といったふうに、法被の裾を掴《つか》んで六花は尋ねる。

銀一は乱れた髪をさらに片手でぐしゃぐしゃと乱しながら、「当たり前だよ」と深い息を吐いた。

「六花が僕のこと、嫌っているのはわかるよ。まだまだ六花の親代わりとして頼りないもんな。でも僕はもう家族として、君を大事にしたいんだ。……これはあんまり、六花に話すつもりはなかったんだけど」

銀一は床に膝をついたまま、六花と目をあわせてへにょりと眉を下げる。

「遠縁の君を引き取ったのは、最初は半妖の子なら半妖の僕が育てなくちゃっていう、義務感からだった。僕は女性にはまったくモテないし、独り身生活が寂しくなってきていたのもある。……だけどさ、六花と住むようになってから、僕は六花のことが可愛くて可愛くて仕方がなくなってきてさ」

「か、可愛い？　私が？」

「うん。娘がいたらこんな感じかなって、いつもどうしたら六花が喜ぶか考えているくらい、僕は六花が可愛いよ。本音を言えばもっと甘えてほしいし、もっと一緒に遊んだり出掛けたりもしたい。できるならこの土日だって、仕事を休んで僕が四六時中看病したかったんだ」

銀一が思っていた以上に立派な親バカで、彼の内心を黙って聞きながら、玲央奈はちょっと呆れてしまう。

横を見れば天野もやれやれという顔をしていた。

「だからね、六花が僕を嫌いでも、僕は……」

「き、嫌いじゃない！」

六花は裾を掴む手に力を込めて、ガラス玉のような瞳に涙を溜まらせる。幼い肩は痛々しいくらい震えていた。

「私はギンのこと、嫌いじゃないよ！　一度も嫌いなんて言ってないもん！　ぎゃ、逆だから！　頼りないのは本当だけど……って、ち、違うの！　そうじゃなくて！　私はギンのことが、す、す、す」

（頑張って、六花ちゃん！）

勇気を持って本心をぶつけようとする六花に、玲央奈は声には出さずエールを送る。ここは彼女の頑張りどころだ。

やがて吹っ切れたように、六花は「好きだよ！」と叫んだ。

「私はギンのことが好きだよ！　大好きだよ！　嫌いなわけないじゃん、バカギン！　ギンのお家に来られて良かったし、ギンと家族になれてとっても嬉しいよ！　でもギンの方こそ、可愛くない私のことなんて嫌いになって、わ、私また、捨てられるんじゃないかって……不安で……っ！」

「す、捨てるわけないじゃないか！　家族なんだから！　それにさっきも言ったけど、六花は可愛いよ！　世界一可愛い、僕の娘だ！」

「うっ、うううう」

涙腺がついに決壊した六花は、ボロボロと大粒の涙を落として泣いている。

そんな彼女を、銀一は辛抱たまらないといったふうにまた抱き締めた。六花も今度は、おそるおそるながら銀一の体に腕を回す。

「家族……私とギンは、家族なんだね。これからもずっと一緒にいられる、家族なんだね」

「ああ、ずっと一緒の家族だよ」

それはすれ違っていたふたりの気持ちが、ピタリと重なった瞬間で、六花はまだわんわんと子供らしく泣いているし、銀一ももらい泣きし始めている。

その光景に、玲央奈はホッと安堵の色を顔に乗せた。

天野が腕を組んで口角を緩める。

「これで問題は見事解決かな、俺のお嫁さん」

「はい……今回は旦那さまのウソが決め手でしたね。銀一さんを騙《だま》した演技力、さすがです」

「主演男優賞ものだろう？」

そう嘯く天野はしたり顔だ。

抱きあったまま磁石のように離れない雪谷親子を見つめながら、玲央奈はここは軽口を叩かず、「そうですね」と柔らかく頷いたのだった。


「この度は、おふたりには大変お世話になりました」

玄関にて。

靴を履いてドアの前に立つ玲央奈と天野に、銀一は框《かまち》の上からかしこまって頭を下げた。その横では、ぴっとりと銀一に寄り添って、同じように六花もペコリと頭を下げている。

わだかまっていた問題が文字どおり雪解けしたふたりは、もうなんの気兼ねもなく仲良し親子になれたようだ。

どちらも泣きすぎて目が赤いのはご愛嬌である。

「こちらこそ、楽しくこなせた依頼でした。なあ、玲央奈？」

「はい。六花ちゃんともまた遊びたいです」

天野と玲央奈の返答に、六花は「おにいさんたちなら特別に毎週来てもいいよ」なんて、ツンデレのツンを若干残しながらも、いじらしいことを言ってくれる。

「おねえさんに、ギンは料理を教わればいいと思う」

それはちょうど、玲央奈も考えていたことだ。

「玲央奈さんにっ？　う、うーん、わかったよ。僕も六花のために、もっと料理から修行するな」

「そうして。早くまともなオムライス作って」

「ぜ、善処するよ」

「……私も料理、覚えるし。私と一緒になにかしたいんでしょ？　覚えたら、一緒に作ってあげてもいいよ」

「っ！　それはいいな！　ふたりで作ろう！」

親子のやり取りにほのぼのとした空気が流れたところで、天野がそろそろお暇《いとま》しようと、ドアノブに手をかける。

だがそこで、銀一が「あっ！」と声をあげた。

「そうだ、今回のお礼をしたくて、おふたりにぜひ提案させてほしいんだけど……！」

「特にお礼などはけっこうですよ」

天野は辞退しようとするが、すかさず銀一は「提案だけでも聞いてくれ！」と前のめりになる。

「もし良かったら、今月の三連休――うちの宿にふたりで泊まりに来ないかい？　もちろん温泉と食事付きの全額タダで！」

その申し出に、天野は存外興味を惹《ひ》かれたらしい。

おもしろそうに「ほう、あの『真宵亭』にですか？」と切れ長の瞳を光らせる。

「真宵亭って、銀一さんの職場ですよね？　その法被の……。やっぱり温泉宿なんですか？」

「ああ、玲央奈はまだ知らないんだったな。温泉宿で間違いはないが、ただの宿じゃないぞ。真宵亭は半妖専門の温泉宿だ」

「半妖専門？」

そんな宿があるのかと、玲央奈は純粋に驚く。

銀一はニコニコと説明してくれる。

「半妖である現女将《おかみ》が数十年前に立ち上げた宿でね。このアパートの近くの山の中にあるんだけど、僕は縁あって二代目の番頭を務めさせてもらっているんだ。半妖専門といっても、こっちの事情に明るければ普通の人でも、たまに一部の名持ちのあやかしまで、女将さえ許可すれば泊まれるよ」

「こちらの界隈《かいわい》では有名で、皆こぞって一度は泊まりたがる人気宿だな」

補足を入れる天野はけっこう詳しい。

玲央奈が泊まったことがあるのかと尋ねれば、泊まったことはないが、高齢の女将がオババ様の知りあいだそうだ。

（なるほど、納得）

オババ様はあやかしなど無関係な人の間にも、半妖の人の間にも、とにかく人脈が広いおかたである。

「でもそんな人気なのに、私たちを飛び入りで、しかもタダで泊めちゃってもいいんですか……？」

「六花を天野くんたちに預けたことを女将に話したら、女将から『お礼におふたりを招待してはどうか』って言われたんだよ。前々から天野くんに会ってみたかったらしいし、女将は六花のことも可愛がってくれているから」

「……女将さんは、ちょっと変だけどいい人だよ」

六花がボソッと呟く。

聞けば、宿側に余裕があるときは、銀一が六花を職場に連れていって、宿のメンバーに面倒を見てもらうパターンもあるという。

〝変〟という単語が玲央奈としては引っかかったが、半妖の者は一番身近な天野や稲荷を含め、変わり者が多い気がするので、あえて突っ込んでは聞かなかった。普通の人とは違う力があるせいか、やたら個性的なのだ、彼らは。

「それにちょうど、何件かキャンセルが出ていてね。比較的近隣から来る予定だったお客さんばかり、急に。たまたま重なっただけだとは思うけど」

少し困ったように笑いつつ、銀一は「だからどうかな？」と改めて天野たちに問いかける。

「今なら宿周りの紅葉も見頃だよ。このシーズンに泊まれるのは、僕が言うのもなんだけど相当ラッキーだよ」

「紅葉ですか……」

きれいだろうなと思い浮かべる玲央奈の顔を、天野がひょいっと覗き込む。

「俺は話を聞いて、お言葉に甘えるのも悪くないと思うが、玲央奈はどうだ？　せっかくの三連休だし、君が行きたければ旅行気分でありがたく泊まりに行こう」

「そう、ですね……」

玲央奈は迫る端正な顔に仰《の》け反りつつ、しばし考えてみた。

あやかし関連のお宿という点は、若干怖くもあり、同時に好奇心が擽《くすぐ》られるところでもある。

またあやかし云々《うんぬん》とは別に、旅行をした経験が皆無な玲央奈には、単純に温泉宿に泊まれる事実だけで心惹かれた。

（子供の頃も、お母さんと旅行らしい旅行なんてしたことなかったし……。呪いを受けてからは、旅先であやかしに絡まれたら危ないし、不安で機会があっても自分から断っていたものね）

そのため玲央奈は、中学も高校も、修学旅行をあえて欠席した。旅行の話で盛り上がる同級生たちを、クラスの隅っこで眺めるだけだった。

そんな苦い思い出を、今になって塗り替えられるかもしれない。

それに……。

（清彦さんと温泉旅行っていうのも、楽しそう、かも）

玲央奈は柄にもなく浮足立ってきて、気づけば「私も行きたいです」と了承の返事をしていた。

「良かった！　じゃあまた、詳しいことは連絡するよ！」

「……楽しんできてね、おにいさん、おねえさん」

満面の笑みの銀一と、ツンを引っ込めた六花に見送られ、玲央奈たちは彼らの部屋を後にする。

ドアが閉まった途端、天野が玲央奈の耳元で甘く囁《ささや》いた。

「夫婦になって初めての旅行。つまりは新婚旅行だな、俺のお嫁さん？」

「しっ……！　ま、まず夫婦じゃないですし、新婚旅行でもありませんから！」

——こうして玲央奈たちは、天野いわく〝新婚旅行〟に思いがけず臨むことになったのだった。

二話　あやかしのお宿『真宵亭《まよいてい》』

十一月二十三日の勤労感謝の日、そこに土日を足した期間が、十一月下旬の三連休だ。

だが玲央奈たちはせっかくのお泊まりの機会なので、有給を一日加えた四連休にして、真宵亭に三泊四日で世話になることにした。

天野と玲央奈の関係は会社では秘密なため、普通の日に有休を同時に取ればいらぬ勘繰りも生まれそうだが……連休を伸ばすだけなら不自然ではないだろう。

面倒な話だが、人気者の天野に『結婚を前提にお付き合いしている相手がいる』という噂《うわさ》が広まって以来、女性社員たちはその相手探しに血眼になっている。「まさかうちの会社の女じゃないわよね⁉」と大正解を叩き出している者もいるので、玲央奈は万が一にでもバレたときのことを常に危惧していた。

女の嫉妬は怖いのだ。

……所詮はまだ、玲央奈も〝ウソの相手〟ではあるけれど。

また天野と旅行に行くことを、玲央奈はうっかり従姉妹との通話中に漏らしてしまい、電話越しに大変食いつかれた。

『ふたりで温泉旅行？　素敵じゃない！　羨ましいわ、夫婦でお出かけなんて！　もうすっかりラブラブね！』

玲央奈の三つ上の従姉妹である伊藤莉子《いとうりこ》は、玲央奈にとっては世話焼きな姉のような存在であり、かつて天野と玲央奈のお見合いを仕組んだ張本人でもある。

　そのため莉子は、天野たちの夫婦仲を全力で応援している。

「別にラブラブとかじゃ……たまたま知人経由で、温泉宿に招待してもらったから行くだけよ」

『ふたりで旅行に行くことは間違いないじゃない』

「それは、そうなんだけど……」

『ねえ、どこの温泉宿なの？　どんなところ？　宿の名前は？　私も知っている有名なお宿かしら！』

「う、ううん」

　あやかしとは一切無関係な莉子に、「半妖がやっている宿です」などとも言えず、玲央奈はごまかすのに苦心した。

『あっ、お土産は気にしなくていいからね！　おいしい食べ物とかだとありがたいけど、本当に気にしないでっ！』

「つまり期待しているってことね……」

　そうこうして、やってきた連休初日。

「こ、こんな山奥に、お宿が立っているんですね……山なんてあまり歩き慣れていないので……きゃっ！」

「おっと」

木の根に引っかかってコケかけた玲央奈を、天野はスマホを持つ手とは逆の手で、サッとスマートに支えてくれる。

「気をつけろよ、君はわりと危なっかしいからな。たまに目を離すと子供のような失敗をする。なにも温泉を満喫するために、わざわざ転んで体を汚しておきたいわけではないだろう？」

「そんな無意味なことしませんよ」

一言も二言も多いが、助けられたのは事実だ。玲央奈は「でも、ありがとうございます」とむくれた顔で礼を述べた。

お昼を過ぎた頃に出発した玲央奈たちは、銀一も使っているという駐輪場も兼ねた、近くの無料パーキングに車を停めて、そこからひたすら山道を歩いていた。一応遊歩道ではあるものの、あまり整備されておらず玲央奈は先ほどから苦戦している。

茂る木々は鮮やかに色づいているが、足元に気を取られて楽しむ余裕もない。せめて天気がいいのが救いだった。

本日は雲ひとつない、旅行日和《びより》の秋晴れだ。

「看板とかひとつもありませんけど、本当にこっちなんですよね……？」

「間違いなく、銀二さんがメールで送ってくれたマップどおりに進んでいるぞ。そろそろ橋が見えてくるはずだ。【赤い橋を渡ったら、宿の建物はもう目の前だよ！】とある」

「橋って……まさかこれですか？」

天野たちの目の前には今、秋色に彩られた渓谷が広がっている。

深い谷間を流れる川は、清らかな水にハラハラと散る紅葉をたゆたわせて、悠々とどこまでも続いていた。清流の合間から突出している大小様々な岩も、まるで計算されたような配置で、まさに自然が生んだ絶景だ。

そして向こう側へとかかる橋は、確かにあるといえばある。

だが……。

「赤くはない、ですよね」

「そうだな、俺には青く見える」

「ウソですね、旦那さま。どこからどう見ても、赤くも青くもない、茶色いロープで作られた吊り橋です」

「おまけに壊れていて、橋としての機能は期待できそうにないな」

グラグラと軋《きし》む吊り橋は、木の板とロープで組まれた簡素な造りで、中腹で足場の板が二、三枚抜けていた。

これではとうてい、あちら側には渡れない。

「もう少し先に行けば、別に渡れる橋があるんじゃないでしょうか？　この橋はさすがに……」

見ているだけでも恐ろしい吊り橋に、玲央奈が眩暈《めまい》を覚えていると、突然ガサガサと近くの枝が揺れた。

その木の裏から現れたのは、小柄なおじいさんだ。

「――失礼。天野清彦さまと、お連れの潮玲央奈さまでしょうか」

銀一が前に着ていたものと同じ、浅葱色の法被姿のおじいさんは、丸眼鏡の奥の瞳にニコニコと愛想のいい笑みをたたえている。

天野が問いに頷けば、おじいさんは「おふたりをお待ちしていました」とツルピカの頭部を見せるように腰を折った。

「私は真宵亭の従業員で、案内役を務めております木之本《きのもと》と申します。僭越《せんえつ》ながら宿までお連れするため、おふたりをお迎えにあがりました。ただいま橋をご用意致しますね」

（橋を用意する？）

玲央奈が意味を捉えかねている間に、木之本はパンパンと二回手を打った。

すると一瞬で、吊り橋のすぐ隣に新たな橋が出現する。

吊り橋とは違って、ひのき造りのしっかりとしたその橋は、朱塗りの欄干がとても優美だ。向こう側までの道もきちんと繋いでくれている。

しかも橋を渡り切った先には、これまた先ほどまではなかったはずの、宿らしき建物が知らぬ間に立っていた。

「え、ええっ!?」

玲央奈は声に出して驚いたし、天野もわずかに目を見開いている。木之本は「さあ、参りましょうか」とにこやかにふたりを先導した。

「あの、急に橋や宿が現れたのは、木之本さんの半妖の能力ですか？」

おそるおそる橋を渡りながら、玲央奈は〝宵〟の文字が書かれた背に尋ねてみた。

「いえ、私の能力ではありませんよ。あれは『マヨイガ』の半妖である女将の能力でございます」

「マヨイガ……？」

木之本は簡単に、マヨイガとは『迷い家』と書き、元は山中に現れる幻の屋敷を指すのだと説明してくれた。

訪れた者には幸運が授けられるという、奇妙な屋敷。

真宵亭の名前の由来もそこからのようだ。

「つまり、お屋敷そのものなあやかしなんですか……？」

「稀有《けう》ですがそのとおりです。女将はマヨイガの能力で、建物の周りに結界のようなものを張って、人の目に映らないようにすることができるんです。橋も宿も元からあったんですよ、見えなかっただけで。うちは半妖のかたや、あやかしのお客様をもてなす特殊な宿なので、こうしてあえて場所をわかりにくくしているのです」

それを聞いた天野は、「案内役の木之本さんがいないと、マップはあっても宿には辿り着けなかったな」と肩を竦めている。玲央奈も頷いて同意した。

（銀一さんもそこまでメールに書いてくれたらいいのに……）

確実に説明不足である。

「また女将の結界は、名無しの悪いあやかしも弾きます。結界の影響は宿を中心に、この山全体にも波及しているので、ここはあやかし関連で言ったらかなりの安全地帯なんですよ」

「へえ……女将さんってすごいんですね」

「はい、当宿の女将は偉大な人です。少々、変わり者ではありますが」

「変わり者ですか……」

六花も『ちょっと変』と称していたし、従業員にまで変わり者扱いされているとは、いよいよどんな人物なのか気になるところである。

「それと、私自身は『木霊《こだま》』の半妖です。山の木に宿るあやかしです」

「あっ、木霊なら知っています。山で叫ぶと声が返ってくる〝山びこ〟は、木霊が返事をしているなんて聞いたことがあります」

玲央奈の返答に、木之本が「よくご存じですね」と微笑む。

昔、なにかのついでに玲香から教わっただけの知識だが、実際にその半妖の人と会うなんて、当時の玲央奈は考えもしなかった。

「私はどこにいても、同じ山にいる人間の声なら聞き取ることができます。また逆に私の方からも、木々を伝って遠くの人に私の声を届けられるんです。山の中でしか使えない力ですが、なかなか便利ではありますよ」

確かに、案内役には適した能力だ。

そんな会話をしていたら、さほど長くもない橋は、いつの間にか渡り切っていた。

木之本がまた手を叩けば、橋は再び姿をくらませる。

「すごい、立派な宿ですね」

到着した真宵亭の建物を前に、玲央奈は感嘆の息を吐いた。

古きよき三階建ての木造建築で、宿としてさほど大きいというわけではないが、ドンと構えた風格がある。一階は玄関の千鳥破風が、一階より上はズラリと並ぶ縦長の窓とそれらを囲む高欄が、それぞれ独特の雰囲気を醸しだしていた。

木之本が「さあ、こちらへ」と、玄関の引き戸をガラッと開ける。

すると目に飛び込んできたのは、大きな掛け軸を背に正座して、上《あが》り框で三つ指をつく着物姿の女性だ。

「――当宿へ、ようこそおいでくださいました」

リンと鳴る鈴の音のような声。

一瞬、玲央奈は女将かと思ったが、パッとあげた顔は女将にしてはずいぶんと若かった。下手をすれば高校生くらいにも見える。

円《つぶ》らな目に、丸い輪郭の童顔。赤茶の髪は高い位置でお団子にして、品のいい緋色《ひいろ》の着物を纏っている。スッと立ち上がれば、背も低くて小動物みたいだ。

(失礼かもしれないけど、ハムスターに似ているわ)

そんな印象を持たれているとは露知らず、女性はにっこり微笑む。

「私は仲居頭の不知火《しらぬい》頼子《よりこ》と申します。本来でしたら、女将と共にお出迎えさせていただくところ……ただいま女将は、所用で外出しております。私だけで失礼致します。ご宿泊の間、おふたりのお世話も女将に任されておりますので、なにかあればなんなりとお申しつけくださいませ」

まずはお部屋までご案内しますねと、しずしずと歩きだした頼子に続く。

木之本は下足番も兼ねているようで、玲央奈たちが脱いだ靴を預かるとここでお別れになった。

板張りの廊下には、壁に等間隔に四角いランプが取りつけられていて、ポツポツと淡いオレンジの光を灯している。蝶《ちょう》をモチーフにしたオシャレな花瓶なども飾られており、古風な外観に反し、中は存外モダンなデザインだ。

頼子の解説によると、客室は全部で十五室。

あやかし関係の限られた者しか来ないため、部屋数は少なめのようだ。

それでも、宴会場は大小ひとつずつ設けられているし、ラウンジは十分なスペースがあった。マッサージチェアなんかも置かれている。

玲央奈が一番に楽しみにしている温泉も、宿の自慢である源泉かけ流しの露天風呂があるらしい。

（でも〝あやかし関係〟って言っても、そんないかにもな〝あやかしっぽさ〟はないのよね）

途中、何組かのお客とすれ違ったが、年若いカップルも、八人ほどの中年男性のグループも、みんな見た目は普通の人間だった。

従業員たちもこれといって変わったところはなく、今の時点では宿にあやかし要素などは感じられない。

「拍子抜け、という顔をしているな。なんだ、いきなりバケモノに襲われる宿の方が、スリルがあって良かったか？」

「そんなわけないでしょう、あやかしに襲われるのはもうお腹いっぱいです」

隣を歩く天野にからかわれ、プイッと玲央奈は顔を背ける。すると「俺のお嫁さんはすぐに拗《す》ねるな」などとまたからかわれた。

頼子がふふっと微笑ましそうに笑う。

「おふたりは本当に仲がよろしいんですね。……銀一さんから話に聞いていたとおりです」

「そういえば、銀一さんは……」

玲央奈が問いかけたところで、曲がり角からちょうど法被姿の銀一が出てきた。大量のバスタオルを抱えていて、いかにもお仕事中といった感じだ。

長身の彼は、高く積まれたバスタオルタワーの天辺から顔を覗かせ、「おおっ、天野くんたちじゃないか！」と喜色を浮かべる。

「来てくれたんだね、ようこそ真宵亭へ！　ここに来るまではなんともなかったかい？」

「玲央奈が危うく吊り橋を渡りかけてヒヤヒヤしましたが、木之本さんのおかげで本物の赤い橋が現れて、どうにか来られましたね」

「ちょっと旦那さま、私の名誉に関わるウソをつかないでください」

（あんな壊れた吊り橋、誰が渡ろうとするものですか！）

しかし、天野のウソを真に受けた銀一は「ええっ!?」と、タオルタワーを崩さんばかりに仰け反る。

「ごめん、ひょっとして僕、隠れた『宵々橋《よいよいばし》』のことをメールに書き忘れた!?　吊り橋はフェイクみたいなものだから、渡ったら危ないよ！」

「あの赤い橋、『宵々橋』っていうんですね……」

玲央奈は天野のウソを訂正するのは諦めて、うっかり屋な銀一に呆れた。

案内役の木之本が吊り橋の前で待機していることも、銀一自身はちゃんとメールに書いたつもりだったらしい。実際はそんなこと、一言も書かれていなかったが。

もし彼の愛娘がここにいたら、「ギンは抜けているから」と冷めたコメントをしそうだ。

「頼りない番頭でごめんね……実はまだ、見習いから正式に就任したばかりで……。僕の前の番頭は木之本さんだったんだよ」

「えっ、そうなんですか」

「案内役も下足番も番頭も、少し前までは彼が全部、ひとりで担当して宿を回していたんだ」

おっとりした好々爺《こうこうや》な木之本は、玲央奈の受けた印象よりはるかにできる人だったらしい。

（ご年配だったし、若い銀一さんに後任を譲ったってところね）

「僕も早く木之本さんに追いつきたいところだよ……ああ、でも、こちらの頼子さんは、僕と違って頼れる仲居頭さんだから！　このあとのおもてなし準備は完璧だと思うよ！」

「えっ」

唐突に銀一に褒められた頼子の頬が、ポッと桃色に染まる。

「わ、私もまだまだ、未熟者で至らぬ点が多いので……！　ぎ、銀一さんの方がよほど、お客様を常によく見ていて、細やかな心遣いが素晴らしいというか、なんというか……！」

着物の袖と袖をすりあわせながら、もじもじする頼子。視線はあからさまに銀一を意識している。

（あれ、頼子さんって銀一さんのこと……？）

玲央奈が女の勘を働かせているうちに、銀一はよっこいしょとバスタオルを抱え直し、「それじゃあ、おふたりとも楽しんでね。頼子さんも頑張って」とにこにこ告げて去っていってしまった。

「で、では、お部屋まで向かいましょうか」

頼子も気を取り直したように、歩みを再開する。

階段を上って着いた三階の真ん中の客室は、『朴木《ほおのき》の間』とあった。各客室は木々の名前になっているようで、お隣は『接骨木《にわとこ》の間』、その隣は『椋木《むくのき》の間』。微妙に読みづらい漢字ばかりなのはわざとなのか。

「あの橋の隠しかたといい、客室の名前のつけかたといい……変わり者と噂の女将さんからは、清彦さんと同じ性質の気配がします」

「裏表のない実直な人柄ということだな」

「その真逆の人柄ということです」

そんなやり取りを経て足を踏み入れたものの、部屋自体は文句のつけようがなかった。

落ち着いた畳の香りのする和室は、二間続きのゆったりとくつろげる広さで、置かれた座敷机や行燈《あんどん》などにも趣がある。壁には小さめの額縁が掛かっていて、流麗ながらも力強さを感じる魅力あふれる墨字で、【宵】と一文字書かれており、それがインテリア的にもアクセントになっていた。

「これは立派な書ですね」

「玲央奈、こっちに来て外を見てみろ。なかなか見応えがあるぞ」

障子戸で区切られた広縁から、大きな窓越しに臨む景色は、確かに見応えがあって美しかった。

自然の息吹をありありと伝えてくるような、赤く燃え盛る山が見事だ。

広縁に置かれた丸テーブルと対の椅子にふたりで腰かけて、ただこの景色を眺めるだけでも粋かもしれない。

（初めての温泉旅行でこれは、とっても贅沢《ぜいたく》だわ）

しかも宿泊費から食事代まですべて無料である。

玲央奈がしみじみと感動している横で、頼子は軽く部屋の中の説明と、夕食を運んでくる時間を天野にテキパキ伝えていた。

あどけない外見に反して、銀一の言うとおりその仕事ぶりはしっかりしていて頼り甲斐がある。

「わからないことがありましたら、またいつでもお尋ねください。それでは、どうぞごゆっくり」

頼子がうやうやしく頭を下げて出ていくと、当たり前だが室内には天野と玲央奈だけになった。

ふたりきりの空間で、玲央奈は今さら緊張してくる。

「……なんだ、急に俺から離れて」

「な、なんでもありません」

とりあえず荷物を部屋の隅に置いて、ふたり並んで畳に腰を落ち着けたのだが、じりじりと距離を取り出した玲央奈に、天野が不服そうに眉を寄せる。

(清彦さんと同室になることくらい、最初からわかっていたのに……!)

普段からタワーマンションの一室で一緒に住んでいるのだから、この緊張感は本当の本当に今さらだ。

だけどシチュエーションが変わると心持ちも変わるもので、玲央奈はどうしても現在のこの空間が落ち着かなかった。

「なんでもないならもっとこっちに来い。そんな離れていては会話がしにくいだろう?」

「別に離れていても、そこまで差し障りはありませんので……って、ちょっと! 近寄ってこないでください!」

「嫌がられると余計迫りたくなるな」

「天邪鬼……!」

「俺が天邪鬼なのはただの事実だ、悪口にもならないぞ」

広い畳の上で、迫っては逃げるの攻防を繰り広げる天野と玲央奈は、はたから見ればただのいちゃついているバカップルだ。

「そろそろ観念したらどうだ?」

「清彦さんこそそろそろ諦めてください!」

なんとか逃げ切りたくて、玲央奈は「ほら!」と声を張りあげる。

「ゆ、夕食! 夕食まではどうしますかっ? このまま部屋にいないで、宿の中とかをもう少し見て回りましょう!」

「わかりやすいごまかしかただが……まあ、いい。ごまかされてやろう」

天野はやっと折れて、玲央奈を捉えようと伸ばしていた腕を引っ込めてくれた。玲央奈はホッと息をつく。

青みがかった黒髪をかき上げて、天野がゆっくり立ち上がる。

「宿内を回るついでに、そのまま温泉に入っておくか? 山道を歩いて汗もかいただろうし、夕食前にサッパリしておきたいだろう」

「あっ、ああ、それはいいですね。私も早く露天風呂を見てみたいです」

「君が逃げるせいで今も汗をかいたしな」

天野の皮肉はあえてスルーして、玲央奈も立ち上がって温泉に行く準備をさっさと始めた。

それから一階から三階まで、ふたりは宿の中をゆっくり歩いて回った。

温泉宿といえば〝コレ〟という、古めかしい卓球台も見つけて、玲央奈は本当にあるものなんだと謎の感動を覚えた。

「試しに一戦していくか? 負けたら、勝った方の言うことをなんでも聞くという条件つきで」

「謹んで辞退させていただきます」

運動神経も申し分ない天野に、玲央奈は勝てる気がしなかったし、そんな恐ろしい条件でなにをさせられるかわかったものではない。天野は「気が向いたらいつでも受けて立つぞ」とおかしそうに笑っていた。

あらかた回り終わったところで、男湯と女湯の前で別れる。

風呂好きなわりに温泉そのものが初体験の玲央奈は、露天風呂の存在を聞いてから期待していたのだが、いざ目の前にすると子供のような歓声をあげてしまった。

「わあ、すごい！」

紅葉の木に周りを囲まれた岩造りの露天風呂は、大きさを謳《うた》うだけあって十分な広さがある。

岩と岩の間から滾々《こんこん》と湧きでる湯は、温かい湯気を立ち上らせて、辺り一帯を白く包んでいた。湯の真ん中に配置された石灯籠もまた風流だ。

しかも混む時間帯ではないからか、お客は玲央奈ひとりだけ。

気兼ねなく過ごせる。

「ほう……」

お湯に体を沈めれば、自然と緩んだ吐息が漏れた。

蓄積されたすべての疲れが、すべて吸い取られていくようだ。

（なんだか……とっても平和だわ）

天野の偽の結婚相手になる前は、悪いあやかしに狙われる日々。天野との利害関係を結んだあともいろいろあって、なにかと波乱万丈な人生を送る玲央奈には、今はまさに〝平和〟の二文字がぴったりだった。

岩肌に背を預けながら、完全にリラックスした状態で木々を仰ぐ。

夕暮れから闇夜に染まりだした空に、湯気でぼやけた紅葉の赤は幻想的に映えていた。

「あれ？」

しかしそこで、木の枝になにかが絡まっているのを玲央奈は発見する。

最初はただの紐かと思ったが、よく見ればアルビノの蛇だ。

「山の中だからいてもおかしくはないけど……まさか、前に助けた子？」

先月の終わり頃、玲央奈は会社に向かう途中で、名無しのあやかしに襲われている、同じくあやかしだろう白蛇を成り行きで助けた。

その蛇と、今そこの枝に絡まっている子は特徴が一致している。湯気で見えにくいが、三日月型の傷っぽいものも額にあった。

「あっ」

南天の実のような白蛇の目と、玲央奈の目がパチリとあう。

（やっぱりあの子だわ）

玲央奈が確信を持つと同時に、白蛇はシュルシュルと枝から枝を伝って、あっという間にどこかに消えていった。

「山に帰ったのかしら？　この山が住処だったのかな」

それなら助けたときは、ずいぶんと遠くから来ていたものだ。

助けたこと自体は、玲央奈にとっては日常のささやかな、特筆すべきほどでもない出来事である。だけどこうして再び目の前にそれらしい蛇が現れるなんて、奇妙な縁を感じてしまう。

（また会えたりしてね）

玲央奈は白蛇のいた枝を眺めながら、そんなことを考えつつ、改めて温かい湯に身を委ねた。


温泉で至福のひと時を過ごしてから、宿が用意してくれた浴衣《ゆかた》に着替える。亀甲《きっこう》模様の浴衣は、男性が竜胆《りんどう》色、女性が牡丹《ぼたん》色。同色の羽織に菫《すみれ》色の帯を合わせる、昔ながらの旅館の浴衣らしいデザインだ。

（着物はお見合いのときに着たことあるけど、あれは着付けてもらったし……意外と

難しいのね、浴衣って）

特に帯をうまく結べなくて、玲央奈は悪戦苦闘した。

どうにか形にして、女湯の暖簾《のれん》をくぐる。肩より伸びたまだ湿っぽい髪は、ふんわり下ろしたままにしておいた。

「あれ？」

清彦の姿をキョロキョロと探したが、近くの長椅子にもどこにも彼の姿は見当たらない。

（とっくに清彦さんは先に出て、待っていてくれているものだと……まだ温泉に浸かっているのかしら？）

日常生活では基本、天野の入浴タイムは短い方だ。だがたまには天野ものんびりしているのかもしれなかった。

もしくは待ちくたびれて、彼は先に部屋に戻っている可能性もあったが、ひとまず玲央奈は長椅子に座って待つことにする。湯上りに浴衣を着るなんて慣れない行為のせいか、こうして天野を待つ時間もソワソワしてしまう。

（清彦さんの浴衣姿は、ちょっと楽しみなのよね）

スーツを着てもスエットを着ても、スタイルがよくてモデル並みに着こなす彼のことだ。浴衣だってさぞ似合うだろう。

ちょっと、いやけっこう、玲央奈は楽しみだった。

「早く見たい……って、あそこにいるのは、頼子さん？」

長椅子から少し離れたところに立つ、爛漫《らんまん》の花が彫り込まれた化粧柱。

その柱に隠れるように、頼子がこそこそと潜んでいた。なにやら彼女は熱心に見つめている。

頼子の視線の先を辿ってみれば、お客さんと話す銀一の姿があった。だいぶお年を召した老婦人のお客さんは、銀一に事細かにあれこれ尋ねているようだが、銀一は困った顔ひとつせず丁寧に対応している。

そんな銀一に、ますます熱視線を送る頼子。

玲央奈はもう確かめずにはいられなかった。

「……あの、頼子さんって、銀一さんのことがお好きなんですか？」

「うきゃぁ！」

そうっと、玲央奈が近づいて背後から声をかければ、頼子は素っ頓狂な悲鳴をあげて盛大に肩を跳ねさせた。

ピョコン！と、頼子のお団子頭の左右から、先端だけ赤みがかった灰色の耳が飛び出す。それは動物の、おそらく形状的にネズミの耳だ。

頼子も驚いただろうが、玲央奈も同様に驚いた。

「ご、ごめんなさい、びっくりさせるつもりはなくて……」

「こちらこそ申し訳ありません！　決してサボっていたわけではなく、ちょっと見惚れていただけというかっ！　いや、別に見惚れてもいないのですが！　ただ銀一さんを見ていただけで、え、ええっと！」

「お、落ち着いてください！」

パニックになった頼子は、ネズミの耳をピョコピョコせわしなく動かす。銀一に見惚れていた云々にも突っ込みたかったが、玲央奈はまず「あの、その耳は……？」と尋ねてみた。

両手で隠すように、頼子は頭に生えた耳を押さえる。

「お恥ずかしながら、これは『火鼠《ひねずみ》』の半妖の特徴です」

「火鼠……」

つい玲央奈は忘れかけていたが、ここは半妖たちが営む宿。女将だって、番頭の銀一だって、案内役の木之内だって……みんな半妖なのだから、当然ながら頼子もまた半妖であろう。

『火鼠』とは名のとおり、火の中に住まう鼠のあやかしだ。第一印象で頼子を「ハムスターっぽい」と思った玲央奈は、あながち間違っていなかったことになる。ハムスターも平たく言えばネズミの一種だ。

「私の半妖の能力は、皮膚が火に強くて、たとえ火の中に手を入れても絶対に火傷しない……という、他の半妖のかたがたに比べたらショボいものです。ですが厄介なのは、驚くことがあるとネズミの耳と尻尾が生える点でして……」

こればかりは制御が利かず、今は着物に覆われているが尻尾まで生えているらしい。

頼子はもともと、普通の旅館で仲居として働いていたのだが、今のようにうっかり耳を出したところを同僚に見られ、なんとかごまかしたものの、居づらくなって辞めたそうだ。

その後、縁あって真宵亭で働くことになったとか。

「路頭に迷っていたところ、雇ってくださった女将には感謝しかありません……実は銀一さんとは、同じ時期にここに転職してきたんです」

「じゃあ、同期って感じなんですね」

「はい。それに私も、二代目の仲居頭でして。一代目のかたはもうお歳で退職されたんですけど、とても厳しいかたで、入った当初は毎日のように怒られていました。くじけかけていた私に、銀一さんは『僕の方がダメダメだから、頼子さんは落ち込まないで！　めげずに一緒に頑張ろう！』って励ましてくれて……おかげでやってこられたんです」

「……それで、銀一さんに惚れてしまったんですね」

「わ、わかりますか？　私、そんなにわかりやすいですか？」

頼子は顔を真っ赤にして俯《うつむ》く。

彼女の恋心は、色恋沙汰に鈍い銀一以外、宿のメンバーは女将まで全員周知の事実なのだという。

このくらいわかりやすければ、それも当然のことだ。

「だって銀一さん、とってもとっても素敵じゃないですか。いつも優しいし、どんなお客様にも誠実に対応するし、六花ちゃんのこともすごく可愛がっていて、思いやりもあるし……」

「私も銀一さんは素敵な人だと思いますよ」

「で、ですよね！　そうですよね！　……でも銀一さんは私のこと、妹みたいに見ていて、まったく大人の女性扱いしてくれないんです。年齢は確かに少し離れていますけど、私だって子供なんて年齢じゃないのに」

「頼子さん、何歳なんですか？」

「私は二十五歳です」

「同い年……!?」

見た目は完全に十代半ばだし、上に見積もっても二十歳前後を想像していたので、玲央奈は自分と同い年なことに衝撃を受ける。

銀一は三十三歳らしいので、頼子との年の差は八歳だ。

（離れているといえば離れているけど、莉子姉と旦那さんの方がもっと年の差があるし、年齢に障害はない気がするわ）

一番の障害といえるのは、銀一が恋愛に疎すぎることだろう。

子守りの依頼を受けたとき、彼は『女性にはまったくモテない』とか零していたが、こんな身近にいいお相手候補がいるではないか。

頼子は六花のことにも理解があるようだし、うまく銀一を支えてくれそうで、銀一にとってはこれ以上ない相手に思える。

「私から見ても……銀一さんと頼子さんはお似合いだと思いますけど」

「そ、そんな！　私たちなんて、私は〝火〟の半妖だし、銀一さんは〝雪〟の半妖だしで、きっと相性も良くないですし……！」

「そこはあんまり気にしなくても……」

地味なことで、頼子は悩んでいるようだ。

だが銀一も頼子も、けっこうすごい自分の能力を、そろって「ショボい」と称していることからも、ふたりは似た者同士でお似合いである。

「それにお似合いといえば、天野さまたちご夫婦の方ですよ！　銀一さんから事前にお話を聞いていましたが、実際にお会いして、仲睦まじい様子に羨ましくなりましたもの！」

「いや、私たちは……」

天野と玲央奈の関係は〝本物〟ではないため、返答に困ってしまう。

今だって共にいるのは、玲央奈の呪いがまだ解けていないからだし、ただ純粋に寄り添っている夫婦などではけっしてない。

その事実が脳をよぎるたび、心がひどくざわつく。

一抹の切なさと寂しさも覚える。

（それこそ、莉子姉と旦那さんみたいな、人づてに聞いた私の両親みたいな……そんな仲睦まじい〝本物の夫婦〟には、私も憧れはあるけど）

「ああ、ここにいたのか、玲央奈」

玲央奈が意識を半分、思考の渦に捕らわれかけていたところだった。意識を引き戻すように、背後から天野の耳通りのいい声がかかる。

「遅くなってすまないな。待たせたか？」

「いえ、そんなには……っ！」

振り向いて、玲央奈は言葉を失った。

竜胆色の浴衣は、玲央奈の想像のはるか上を行くほど、天野にバッチリと似合っていた。

彼の均整の取れた長身の体は、帯を締めたことでよりスラリと映えている。着るのに苦戦していた玲央奈に比べ、まるで日常的に着ているかのような小粋さで板についていた。今の天野は、湯上がりでしっとりした黒髪も含めて、絶妙な男の色気を漂わせている。

だが天野も天野で、玲央奈の浴衣姿にはクるものがあったようで、微かに目を見張り、小声で「悪くないな……」と呟いたきり沈黙してしまった。

見つめ合ったまま固まるふたりに、頼子がおずおず話しかける。

「あの、すみません、私はもう仕事に戻りますね。それでは、先ほどは大変失礼致しました……！」

「あ、ああ、いえ！　話を振ったのは私なので」

ハッと我に返った玲央奈に、頼子は控えめに「話したことは銀一さんには内緒にしてくださいね」と耳打ちすると、そそくさと仕事に戻っていった。

いつの間にか、お客と話していた銀一もいなくなっている。

「なんだ、女性ふたりでずいぶんと盛り上がっていたようだが、頼子さんと友人にでもなったのか？」

「友人……」

こちらも調子を戻した天野から、玲央奈にとっては馴染みの薄い単語が転がり落ちた。

呪いを受けてから、悪いあやかしに狙われてきた境遇のせいで、悲しくも玲央奈には友達なんてほとんどいない。下手にあやかし関係に巻き込ませるわけにはいかないし、自らそんな存在は作らないようにしてきた。

（でも、頼子さんとお友達になれたら、普通に嬉しいかも）

歳も同じだし、あやかし関係の事柄を隠す必要もない相手だ。

さっきも恋バナに花を咲かせられて楽しかった。

客と従業員の立場だが、このお泊まりの期間に少しでも親しくなれたらいいなと、玲央奈は思う。

「さて、俺たちはそろそろ部屋に帰るか」

「はい。けど珍しいですよね、清彦さんが長風呂なんて」

「つい心地よくて、湯に浸かりながらうたた寝をしてしまったんだ。こう、ウトウトとな。危うく溺れるところだった」

「それは本当に珍しい……ですけど、ウソですね、旦那さま」

「バレたか。実は少し、湯で一緒になった他の客と話していたんだよ。ここ最近、近隣からこの宿に泊まりに来る予定だった客ばかり、キャンセルが続いているという件についての……」

　それは、銀一が漏らしていたお宿の裏事情だ。銀一が話していたように、単に偶然が重なったのだろうとありのまま受け止めていた玲央奈は、なにかあるの？ときょとんとする。

　しかし、天野は途中で思案気に頤《おとがい》に手を当て、「まあ、君に話すほどのことでもないな」と不自然に言葉を切った。

「え、なんですか。気になります」

「そうか。だが俺は、夕食のメニューの方が気になるな。真宵亭の料理は天下一品だと評判だぞ。俺のお嫁さんの作る料理には負けるかもしれないが」

「は、はぐらかさないでください！　あっ、ちょっと！」

　天野は竜胆色の浴衣の裾を翻し、さっさと足を進める。

　明らかにはぐらかされたとわかっていても、自分の料理を褒められたことで思わず喜んでしまった玲央奈は、悔しいがこれ以上の追究はできなかった。

（まったくもう！）

　仕方なく、玲央奈は天野の背を追いかけた。

『真宵亭の料理は天下一品』という評判に違わず、部屋に運ばれてきた料理は豪勢かつ、どれも舌が蕩《とろ》けるような品々だった。

この山で採れた新鮮な山菜の天ぷら、白子の茶碗蒸し、岩魚《いわな》の塩焼き、松茸《まつたけ》の吸い物、牛フィレ肉のロースト、土鍋で炊いたふっくら白ご飯……などなどのラインナップに、デザートの黒蜜プリンまで隙がない。

「清彦さん、この天ぷらを食べてみてください。衣がサクサクです！」

「気に入ったなら俺の分もいるか？」

「い、いりませんよ、清彦さんもちゃんと食べないと」

「遠慮するな、俺は少食だからな」

「ウソですね、旦那さま。私の作るご飯をよくお代わりもしているじゃないですか。あっ、岩魚の塩焼きも、あっさりとしていておいしいです！」

「フィレ肉も柔らかいな」

玲央奈と天野は、一品一品お互いに感想を言いあいながら、余すことなく味わいつくした。「おいしい」と玲央奈が口にする度に、自分の分も譲ろうとする天野には、さしもの玲央奈も参ったが……。

食事が終われば、あとはしばし部屋でまったりして寝るだけだ。

玲央奈は疲れたので早めに床に入るつもりだったし、常ならば短時間睡眠の天野も、さすがにお泊まりの間はゆっくり眠るつもりのようだった。

しかしながら……玲央奈がお手洗いで席を外している間に、敷かれていた二組の布団。

それについて天野とひと悶着《もんちゃく》あった。

「これだと布団と布団が近すぎます……！」

「そうか？　こんなものだろう」

おそらく頼子が敷いてくれただろう布団同士が、隙間が一センチもなくてほぼほぼくっついていたのである。いらぬ計らいだ。

玲央奈と天野はキッチリ線引きをしている偽装夫婦なので、マンションでも寝室は別々だし、恋愛経験値がほぼゼロで初心《うぶ》な玲央奈に、これはいささかハードルが高かった。

（こんな近さで、清彦さんと並んで寝られるわけがないわ……！）

「とにかく離しますから！」

「残念だな。俺は別に布団は一組でもいいくらいなのに」

「……それは、い、一緒の布団で寝るという意味でしょうか、旦那さま」

「他にどんな意味があるのかな、俺のお嫁さん」

「やっぱり離しますから！」

攻防の末、玲央奈はどうにか一畳分の距離を開けた。

それでも間に隔てるものがなく、早々に寝入った天野がすぐ隣にいる状況に、緊張してなかなか寝付けなかった。

……実は旦那さまの方も、玲央奈が睡魔に負けて完全に寝入るまで、ウソつきらしく見事な狸《たぬき》寝入りを決めていたことは、玲央奈本人は知る由もない。

――こうして、新婚旅行（仮）の一日目は、多少の驚きやドタバタはありつつも、比較的穏やかに過ぎていったのだった。

三話　白蛇様の求婚

旅行の二日目は、玲央奈は非常に珍しいことに、天野よりも先に起床した。目を開けて飛び込んだのは、見慣れない板張りの天井。

(そっか、宿に泊まりに来ているんだった)

寝起きの頭でぼんやり考え、コロンと横向きに体勢を変える。

すると一畳分開いた隣の布団で、天野がこちらを向いて造り物のような寝顔を晒《さら》しており、玲央奈は危うく悲鳴をあげかけた。

「び、びっくりした……清彦さんって、本当に美形よね」

会社の女性社員が騒ぐのも頷ける。

できれば貴重なその寝顔を、もっと近くでじっくり拝みたい気持ちもあったが……彼が目覚めたとき、どう言い訳すればいいかわからない。そもそも布団を離したのは玲央奈だ。

悔しくも断念して、玲央奈は布団から出て身支度を始めた。

天野はその十分後くらいには起きてきて、これまた髪にはレアな寝癖。「おはよう」と挨拶を交わしつつ、玲央奈はつい先ほどの天野の寝顔を思い出して、なんだかいたたまれなくなった。

「なんだ、旦那さまと目をあわせないとはどういう了見だ」

「わ、私のことはお気になさらず」

　反射的に天野から視線を逸らす玲央奈に、天野の方は「昨日から君はたびたび挙動不審だな」と肩を竦めていた。

「おはようございます、昨晩はよく眠れましたか？　お食事をお持ちしました」

　玲央奈がようやく、天野の顔をまともに見られるようになった頃に、頼子が朝食を運んできた。

　夕食は和食だったが、朝食は洋食。ベーコンを添えたふわとろのオムレツや、しっとり焼いたフレンチトーストが絶品で、玲央奈は作り方を教えてもらいたいくらいだった。まだ寝起きの余韻が残る頭も、デザートにフレッシュなオレンジのゼリーを食べて、パッチリと覚醒。

　そのあとは天気もいいので、どこかに出かけるかという話になり、オススメを尋ねれば頼子はそつなく答えてくれた。

「それでしたら、滝を見に行かれてはどうでしょう？」

「滝ですか？」

「はい！　宿から二十分ほど歩きますが、うちのお客様は繰り返し訪れたがる、秘境の滝があるんですよ。この時期は特に、紅葉狩りとあわせて必ずお楽しみいただけるかと思います。あ、あとあの辺りには、気性のおとなしい河童や化けカワウソも住んでいます！」

最後の一言はおいておくとして、玲央奈たちはオススメに従うことにした。

ただ道のりが複雑なので迷う人も多いとか。もし迷ったら、木之本の名前を呼べば、木霊の半妖の彼が声を拾って迎えに来てくれるという。

「宿側のサポートサービスもついているんですね……」

「こちらも好評なんですよ。『お客さまのためにやれることはすべてやる』が、真宵亭の信条ですので！」

胸を張る頼子は、己の仕事に誇りを持っていることがよくわかる。

「またしばしお待ちいただけたら、うちでお弁当をご用意するサービスもしておりますよ！　滝を眺めながら、ちょうど座って食べられる岩があるので、皆さんそこでお昼を取られるのが定番なんです」

（真宵亭のサービス、やっぱり抜かりないわ）

玲央奈は慄《おのの》きながらも、ここも有難く案に乗って、弁当を用意してもらうようお願いする。頼子は「かしこまりました！」と満面の笑みで請け負い、足早に部屋を去っていった。

朝食を食べ終えてから、弁当ができるまでの間。

一回でも多く温泉を堪能しておきたい玲央奈の希望で、ふたりは軽く朝風呂に入ってから出かけることになった。

（朝の露天風呂っていうのもいいものね）

一日ごとに浴場は男女が入れ替わるそうで、基本的な作り自体は同じだが、露天風呂の真ん中にある石灯籠のデザインが少し違う。灯籠に朝陽が差し込み、周囲の湯面がキラキラと輝く様もまた乙である。

「おかあさん！　お外のお風呂も大きいね！」

「あんまり騒いじゃだめだってば！　おとなしく浸かっていなさい！」

「やーだー」

「コラ！」

貸し切り状態だった昨日とは違い、今朝は他のお客の影もあった。玲央奈から少し離れた湯船の中では、三十代くらいの母親と、まだ幼稚園に通いたてくらいの女の子が、仲良く一緒に浸かっている。

女の子はきゃーきゃーとはしゃいで、手足を湯の中でバタつかせていた。それを母親が窘《たしな》めている。

（私も一度くらい、お母さんとああやって温泉旅行に来られたら良かったな）

玲央奈は母子を、ほのぼのとした気分半分、センチメンタルな気分半分で見ていたのだが、バシャッと女の子が飛ばしたお湯が頬にかかった。

母親は慌てて娘を叱ると、玲央奈の近くに来て謝罪してくる。

「すみません、うちの子が！」

「いえ、気にしないでください」

「あら……あなた、昨日の夕方頃に宿に来た、若いご夫婦の奥さん？」

『若いご夫婦』という称されかたに、玲央奈はどう答えたものかと悩みつつも、無難に肯定しておいた。

やっぱり！と、母親はあからさまにテンションを上げる。

「ちょうど玄関近くを通ったときに見かけて、美男美女な夫婦がいるわねって、旦那と話していたのよ！　あなたの旦那さん、スラッとしたイケメンよねぇ！　うちの旦那とは大違いで羨ましいったら！」

「は、はあ」

母親はなかなかのお喋《しゃべ》り好きのようで、一気に口がペラペラと回りだした。こういう見知らぬ人との不意の交流も、温泉の醍醐《だいご》味《み》のひとつと言える。

「うちは私があやかしを見える質で、旦那がのっぺらぼうの半妖でね。家で気を抜いていると、たまにのっぺらぼうらしく顔の凹凸がなくなるの！　まあ、イケメンなあなたの旦那さんと違って、もともとのっぺりした顔なんだけど！」

ケラケラと笑い飛ばす母親に、玲央奈は苦笑する。

「そんな半妖の特性のせいで、間違ってあやかしに無関係の人に見られて騒がれないよう、泊まりの旅行とかは今まで行けなくって。でもここは、半妖やあやかし専門の宿じゃない？　けっこう遠くからわざわざ来たのよ。初めての旅行に、この子もはしゃいじゃって、はしゃいじゃって」

濡れた頭を母親に撫でられた女の子は、「旅行、すっごく楽しい！　また来たい！」と弾けた声をあげた。

（そっか……この宿って、半妖の人たちにとっては、なんの気兼ねもなく自由にくつろげる場所なのね）

頼子だって、この宿に就職したおかげで、飛び出るネズミ耳をさほど気にせず働けている。もしかしたら従業員には、頼子と似た境遇から宿に来た人も多いのかもしれない。

普通の人とは違う、特殊な事情を抱える半妖たち。

ここはそんな彼らの大切な憩いの場なのだと、玲央奈は改めて認識した。

「私たちはもう今日の昼には帰るけれど、あなたたちもこの素敵なお宿を目一杯楽しんでね」

「……はい」

玲央奈は真宵亭に泊まれたこの機会に、もっと感謝しようと深く頷いた。

温泉を出て弁当を受け取り、山の中を歩いて、幸いにして迷うこともなく目的地には到着。

轟々《ごうごう》と唸る水の音を辿っていけば、パッと開かれた一角に出て、勢いよく流れ落ちる滝が出現した。上がる水飛沫《しぶき》。エメラルドグリーンの滝壺《たきつぼ》は、宝石を溶かしたように眩く輝いている。

その清廉だが強烈な存在感に、玲央奈は圧倒された。

「すごいです……本物の滝なんて近くで初めて見ましたけど、こんなにも迫力満点なんですね」

「せっかくだ、滝壺で泳いできたらどうだ？　深さはなさそうだし、水遊びには最適だぞ」

「着替えもないのに水遊びなんてしませんから。それに今は何月だと思っているんですか、もう」

天野の軽口は躱して、玲央奈は「それよりほら、あそこでお弁当を食べましょう」と、ひとつの平らな岩を指さす。

滝壺のすぐそばにあるその岩は、ちょうどふたり並んで座れる自然のベンチになっていた。頼子が教えてくれたとおりだ。

すぐさま岩を陣取り、膝の上で籐製《とうせい》の弁当箱を開く。

中身は五穀米、鶏めし、赤飯を俵型に握った三種のおにぎりと、唐揚げと卵焼き、山菜のお浸しが詰められた〝おにぎり弁当〟だった。

ラインナップや見た目は素朴だが、どれも味がしっかりついていて、量はさほど多くないのに食べ応えがある。

「お弁当もおいしいし、紅葉はきれいだし、滝の近くでマイナスイオン？っていうのでしょうか、空気も澄んでいて涼しいです。癒されます……」

「ははっ、君のそんな緩み切った姿は貴重だな。米粒が頬についているぞ」

「ウソ、ここですか」

「もちろんウソだ」

油断して信じてしまい、頬をこすっていた玲央奈は「旦那さま！」と、恥ずかしさをごまかすように隣の天野を睨む。

だが存外、天野が優しい目でこちらを見ていたので、ぐっと喉が詰まった。

背景にはハラリと舞い散る紅葉と、雄大な滝。

天野はチャコールグレーのシャツに細身の黒のスラックスという、シンプルな格好なのに、背景ともうまくマッチしていてたいそう絵になった。

（カッコいいなんて、思ってないんだから）

玲央奈はもう無心で弁当を食べることにした。

しかし、五穀米のおにぎりに手を伸ばしたところで、ブラウスの裾を小さくクイクイッと引っ張られる。

「オニギリ、クレ。オニギリ、オニギリ」

「わっ！　カワウソ？」

裾を毛深い手で握っていたのは、どこか間の抜けた人懐っこい顔に、細長い肢体、真ん丸な耳がちょこんとついた一匹のカワウソだった。

しかも人間の言葉をカタコトながら話す、『化けカワウソ』である。

「おにぎりが欲しいの？」

「ン」

「オレニモ、オレニモ」

「カラアゲモ」

「タマゴヤキ、ウマソウ」

「クエルノカ？」

わらわらと木々の間から出てきて、数が増えた。

彼らは玲央奈たちが来たときから、遠目で様子を窺《うかが》っていたようだ。

いまや玲央奈の足元には、計五匹の化けカワウソが纏わりついている。天野の方に一匹もいかないのは、彼が動物のあやかしに嫌われやすい質だからだろう。以前の依頼でも化け猫に警戒されていた。

そのことを本人はさして気にする素振りもなく、「強請《ゆす》られているな」と、おかしそうに化けカワウソたちを観察している。

「じゃあ、おにぎりも唐揚げも玉子焼きも、ひとつずつあげるから、それをみんなで分けてね」

「ヤッタ！」

「ワー」

「クエルゾ！」

「オニギリ、モラッタ！」

「ハラヘッタ！」

化けカワウソたちは食料をゲットすると、その場で輪を囲んで食べだした。意外と鋭い歯で、ちょっとずつむしゃむしゃ咀嚼していく。

（あやかしも人間のご飯が食べられるのね）

玲央奈は彼らの食事風景を、どこか感慨深く見守る。

「そんなに弁当をあげてよかったのか？　君には俺の分をやろうか」

「餌付けみたいな言い方はやめてください、旦那さま」

昨日からやたらと天野は、玲央奈にたらふく食わせようとしてくる。旅行が初めての嫁に、旅先で美味しい食事を存分に体験して欲しいという、優しい旦那心なのかもしれないが、乙女心的には食べ過ぎにも注意したかった。

「……あれ？　化けカワウソはいるのに、河童の姿は一匹も見えませんね。頼子さんは河童もいるって言っていたのに」

ふと疑問を抱き、玲央奈はキョロキョロと辺りを見渡すが、それらしき影はどこにもない。

「どこかに隠れているんでしょうか……？」

「化けカワウソたちに先を越されたから、こちらに近寄ってこられないだけじゃないか？　河童は縄張り意識が強いからな」

「なるほど……河童といえば、あのミニ河童くんは元気かしら」

一度、玲央奈と天野は稲荷の計らいで、チケットをもらって水族館デートなるものをしたことがある。そこでまさかの紛れ込んだ迷子のミニ河童と出会い、親河童探しを行った。

無事に親河童を見つけてあげて、ミニ河童たちはここことは違う近隣の山に帰っていったが、玲央奈は仲良くなったミニ河童のことをつい思い浮かべていた。

「いずれ機会があったら、また会うこともあるだろう」

「そうですね……って、なんかあの子たち、喧嘩してません？」

化けカワウソの五匹のうち二匹が、三分の一サイズになった唐揚げをめぐり、「コレハオレノダ！」「チガウ、オレノダ！」とギャーギャー言い争っている。両者とも退く気はないようだ。

「ヤルノカ、コノヤロウ！」

「マケナイゾ！」

口喧嘩の段階ならまだしも、ついに片方が相手に飛びかかり、取っ組み合いに発展してしまう。

さすがに玲央奈も、弁当を岩のベンチに置いて仲裁に入った。

「もっと平和的に！　平和的に解決しなさいっ！」

「ヘイワ？」

「ニンゲン、ドウヤッテ、カイケツ、スル？」

じいっと見据えてくる、黒いつぶらな瞳。

人間の解決法を尋ねられ、玲央奈は咄嗟に「じゃ、〝じゃんけん〟とか……？」と答えた。

「ジャンケン！」

「オレ、シッテルゾ」

意外にも彼等は〝じゃんけん〟がなにか知識としてあったらしい。「マエニ、ココニキタニンゲン、ヤッテルノ、ミタ」「ヨシ、ソレデ、キメヨウ」と、まさかの玲央奈の案が採用された。

「サイショハ、グー！」

「ジャンケン、ポン！」

彼らがどうやって〝じゃんけん〟をするのかと思いきや、パーは平たい尻尾を見せて、グーはそのまま拳を握って、チョキはイーッと歯を剝き出しにして、独自でアレンジしたじゃんけんをしている。

取っ組み合いとは打って変わり、なんとも和む戦いだ。

「……化けカワウソ式のじゃんけんで和んでいるところすまないが、君も早く弁当を食べた方がいいぞ？　狙われているからな」

「あっ、コラ！」

天野の言葉で視線を移せば、玲央奈が二匹にかまっている隙をついて、残りの三匹が、玲央奈の放置した弁当にそうっと丸っこい指先を伸ばしていた。

軽く叱ると一斉に散っていく。

「ミツカッタ！」

「オコラレタ」

「テッタイダ！」

三匹の化けカワウソたちはあっという間にいなくなり、じゃんけん組も勝敗がついたようで、勝った方が唐揚げを咥えていった。負けた方は、最後に玲央奈にバイバイと尻尾を振って、場はようやく静寂を取り戻す。

「やんちゃな奴らだったな」

「本当に……」

やれやれと呆れて、玲央奈はどうにか守った弁当をまた食べだすのだった。

陽が傾く前には、玲央奈たちは真宵亭へと戻った。

だがなにやら、仲居たちがせわしなく動き回っていて、宿内はわずかにバタついているようだ。

「頼子さん、なにかあったんですか？」

「ああっ、お帰りなさいませっ！　慌ただしくしていて申し訳ありません！」

人一倍、独楽鼠《こまねずみ》のように（言い得て妙である）クルクル動いている頼子を、玄関にあがったところで呼び止める。

忙しいところに悪いなと思いつつ、玲央奈が理由を尋ねれば、急に大物のお客様がいらっしゃることになったのだとか。

「これは隠すことでもない、常連のかたには周知の話ではあるのですが……そのお客様は女将の知人であると同時に、数年前からうちの宿を支援してくださっているスポンサーのおひとりでもあるんです。お若いのに世界的に有名な書道家で、端麗な容姿をされていることもあって、女性ファンが多いんですよ。メディアにもたまに出ているので、玲央奈さんもご存じかもしれません」

「へえ、すごい人なんですね」

それは宿にとって粗相のできない相手である。

芸能人などに疎い玲央奈は、おそらく会ってもピンとこないだろうが、どんな人なのかは多少なりとも興味が湧いた。

「普段は必ず、女将のいるときにしか来られないのですが、今回は女将に会うのが目的ではないそうです。その女将も今夜にはお戻りになる予定ですが……」

「書道家さんはいつ頃来るんですか？」

「それがもう今すぐにでも……っ！」

頼子がハッと息をのむ。

彼女の頭からネズミ耳が飛び出すのと同時に、ガラリと玄関の引き戸が開き、ゆったりとした足取りで男が入ってきた。

年齢も身長も、天野とだいたい同じくらいか。色白でやや細身な体格に、うっすらと流水模様が入った青藍の着物を纏い、同色の羽織を肩にかけている。背中まである長い髪は、限りなく白に近い灰色。それを後ろでひとつに結んで垂らしていた。

独特な色香の漂う、中性的な美貌の持ち主で、格好も相俟《あいま》ってどこか浮世離れしている。

「じゃ、蛇目《じゃのめ》さま！　ようこそいらっしゃいました！　お迎えが間にあわず、とんだご無礼を……！」

「こんにちは。この宿を訪ねるのは久しぶりですね。私がいきなり連絡したのですから、どうぞお気になさらず」

鼠耳を出したまま頭を下げる頼子に、『蛇目』と呼ばれた男性は、艶のある声で「顔をあげてください」と促す。

彼こそが噂の、宿のスポンサーであり有名な書道家だろう。

確かにこの容姿に加えて、品のある物腰柔らかな態度は、女性人気が出るのも頷ける。

だが……玲央奈はなんとなく、蛇目からは抜け目のない怪しい気配を感じ取っていた。

（うかうかしていると、丸呑みにされそうというか……）

そこでパチリと、玲央奈と蛇目の視線が交わる。

「ああ、いました」

蛇目はそう呟くと、一直線に玲央奈のもとまでやってきた。流れるような動作で、スッと玲央奈の手を取る。

着物の裾からほのかに香る、墨の匂い。

長い指先は繊細だが、しっかりした男性の手だ。

「私の名前は蛇目史郎《しろう》。貴方《あなた》は潮玲央奈さんですね？」

「そ、そうですけど……」

框の上に立つ玲央奈と、段差によって目線は同じ。そのため蛇目の瞳が真正面から見えたのだが、名前のとおり瞳孔が蛇のように縦に長く、色は髪と同じ透き通るような灰色をしていた。

蛇目はゆるりと口角をあげる。

「やっとお会いできて恐悦至極に存じます。私はこのたび、玲央奈さんに求婚しに参りました」

「え」

「どうか私の——伴侶になっていただけませんか？」

告げられた言葉を理解するのに数秒かかった。あまりの急展開に、玲央奈は目を白黒させる。

（きゅ、求婚って、求婚？　伴侶ってあの伴侶？）

出会って数秒でいきなりこれは、心底意味がわからない。

反応に困って固まっていると、今度は後ろからぐいっと強引に腕を引かれた。犯人は天野で、そのまま広い背中に隠される。

背中越しでもわかるくらい、天野はピリピリと殺気立っていた。

「……さっきからなんだ？　初対面でずいぶんと不躾《ぶしつけ》な男だな。玲央奈は俺のお嫁さんだし、見知らぬ奴の求婚なんて受けるはずがないだろう」

「おやおや。貴方のことも知っていますよ、天邪鬼さん。少々調べさせていただきましたが、私にはとうてい、貴方と玲央奈さんの現在の関係が〝本物〟だとは思えませんね。それに、私とは確かに初対面ではありますが、玲央奈さんはこの子と面識があるはずですよ」

蛇目が片腕を持ちあげると、着物の袖口からシュルリと、額に三日月の傷があるアルビノの蛇が這い出てきた。

天野の後ろからそろそろと顔を出し、玲央奈は「あっ！」と声をあげる。

「この子は『白蛇の化身』のあやかしで、私の相棒でもある『シロ』といいます。私自身も白蛇の化身の半妖で、蛇とは全般的に意思疎通が取れるのですが、この子とは一部の感覚も共有しておりまして。この子の見たものを、映像として私も見ることができるのです」

（だから、私のことを知っていたのね）

蛇目は、玲央奈がシロを助けたときの映像を見たのだろう。

案の定「シロを名無しのあやかしから助けてくださり、ありがとうございます」と微笑まれる。

「この子はおっとり屋さんでして……たまにああいった目に遭《あ》うのですが、女性に、しかもこんな可愛らしいかたに助けられるとは、私も驚きでした。そしてシロを救った優しくも勇敢な貴方に、私は惚れてしまったようです」

「ほ、惚れるって、えっと」

「それからシロに貴方の周辺を探らせて、こちらの宿に泊まるという情報を得たので、好機と捉えて実際に会いにきた次第です」

それって軽くストーカーでは……と思ったが、玲央奈はギリギリ口には出さなかった。だけど代わりに天野が「ストーカーじゃないか、変態白蛇め」と、露骨な蔑みを込めて舌打ちした。

こんなにガラの悪い天野はレアだ。彼の機嫌はただ今最悪に近い。

「あくまでほんの少し探ってもらっただけですよ。私は蛇らしく、一度執着するとけっこうしつこい粘着質なんです」

蛇目の方は悪びれたふうもなく、そんな自己申告をしている。

まず玲央奈は、ここ最近の日常にシロが潜んでいたことなんて、まったく気づかなかった。

(二度目に会ったのも、昨日の露天風呂だったし……露天風呂……ん？)

蛇目はシロの見たものを共有できる。

それはつまり……と、玲央奈はとある事実に思い当たり、ひとりで顔がカッと赤くなった。玲央奈の異変に敏感に気づいた天野が、「どうした？」と後ろを向いて問いかける。

「あ、ああ、いえ、その！　シロくんが昨日私の前に現れたのが、入浴中だったというか、なんといいますか……！」

「……ほう」

打ち明けるつもりなどなかったのに、動揺してありのまま玲央奈は明かしてしまい、気のせいではなく天野の周りの温度が五度は下がった。雪女の半妖である六花並みの冷気を漂わせている。

しかしこの嫌疑は、蛇目にもさすがに不本意だったらしい。

「女性の入浴を覗くなど下種《げす》な真似は致しませんよ。あそこに入り込んだのはシロの独断ですし、ついでに言うならシロはメスです。そのときの映像もあえて私は見ておりません」

「そ、そうなんですね……勘違いしてすみません」

玲央奈は要らぬ心配をしてしまったと恥じる。蛇目の言葉に同意するように、シロもうんうんと首を縦に揺らしている。

シロも〝シロくん〟ではなく〝シロちゃん〟だったようだ。

だが玲央奈はホッとしても、天野の殺気と冷気は収まらない。

「君が謝る必要は一切ないぞ、玲央奈。そもそも人様のお嫁さんを、こそこそとつけ狙っている方に非があるに決まっているだろう。面と向かって言ってやればいい、『このストーカー野郎』と」

「……おふたりの関係に、私は疑問を持っていると申し上げたはずですが？　あなたのような性格の悪い天邪鬼と、玲央奈さんが進んでお付き合いをしているとはとても考えられません。なにか一筋縄ではいかない事情がありそうだ」

「性悪はそちらでは？　たとえ俺たちにどんな事情があろうが、陰気な白蛇が口出す権利はないはずだ。わかったらさっさとこの宿から出ていって、蛇らしく早めの冬眠でもしていろ」

「ふふっ、おもしろい冗談をおっしゃりますね。私の伴侶を置いて冬眠は致しかねます」

「玲央奈は俺の嫁だ」

「偽りの、ですよね」

　舌戦を繰り広げる天野と蛇目の間に、バチバチと火花が飛び散る。

　このふたりはどちらも性格に難がある同士、どうやら玲央奈のことを抜きにしても、相性がいいとは口が裂けても言えないみたいだ。

（さっきの化けカワウソくんたちみたいに、和やかな喧嘩とは程遠いわ……！）

　じゃんけんで解決できた彼らはよほど平和的だった。

　しかも天野の瞳は、いまや爛々と輝く赤に染まっている。

　彼は『妖力』と呼ばれる半妖の力を使うとき、目が赤くなるのだが、己の妖力も用いて蛇目を牽制《けんせい》しているらしかった。対する蛇目は涼しい顔で、シロはシャーッと牙を出して天野を威嚇している。

　このままだと収拾がつきそうにもなかった。

　当事者なのに置いてけぼりを食らっている玲央奈は、どうしたものかと頭を抱えるが、ここで動いてくれたのは頼子だ。

「ごっ、ご歓談のところ申し訳ありません！　そろそろ蛇目さまを、お部屋にご案内してもよろしいでしょうか……！」

　いまだネズミ耳を出したまま、頼子はそれこそ小動物のように小刻みに震えている。

鬼と蛇の全面対決に怯えながらも、仲居頭の仕事をまっとうしようとする姿勢はあっぱれだ。

ご歓談、などでは決してないけれど。

「ああ、そうですね。宿側に迷惑をおかけするつもりはないので、ここはいったん退くことにします。……私はしばらく宿に滞在しますから、そちらの天邪鬼さんとは、また改めてゆっくり〝お話し合い〟をしましょう」

「俺は話すことなどこれっぽちもないがな。二度と俺と玲央奈に関わらないでいただきたい」

「お断り致します。玲央奈さんにはこれからどんどん、アピールさせていただく所存なので」

灰色の長い髪を揺らしながら、「それでは玲央奈さんも、また」ときれいな笑みを残し、蛇目は頼子と共に宿の奥へと消えていった。

嵐が去ったあとで、玲央奈は天野の顔を下からチラリと窺う。

彼の眉間にはこの山の渓谷より、深い皺《しわ》が刻まれている。

「……なんだ」

「……いいえ、特になにも」

なんとも言えない空気の中、玲央奈は今さらながら蛇目に求婚された事実を思い、複雑な心境でため息を吐くのだった。


満月が天に上る夜。

蛇目と別れたあとも、地を這っていた天野の機嫌は、部屋で玲央奈とスマホで撮った滝の写真を見たり、夕食の熱々の鴨鍋《かもなべ》に舌鼓を打ったり、風呂あがりにふたりで温泉まんじゅうを食べたりしていくうちに、もとに戻っていた。

だが天野は蛇目の存在を警戒して、片時も玲央奈のそばを離れようとはしなかった。

「俺のいない間に蛇に言い寄られてはたまらないからな」などと嘯いて、温泉から出てくる時間まで示しあわせようとしたくらいだ。

なんでも蛇目も、天野が心を読めないタイプの相手らしく、それが余計に天野の警戒レベルをあげているみたいだ。

（清彦さんが嫉妬してくれているみたいで、ちょっと嬉しいといえば、嬉しいんだけど……）

〝みたい〟ではなくそうなのだが、こういったことに疎い玲央奈は今ひとつ理解していない。

蛇目のことで一波乱はあったものの、このまま恙《つつが》なく二日目は終了……とはしかし、残念ながらいかなかった。

「そ、そういうことで、あの、女将がどうしても、天野さんと一対一でお話ししたいと……！」

「一対一、な」

部屋の入り口で、頼子は天野に頭を下げて懇願している。

広縁の椅子に腰かけてゆったりと過ごしているところに、緊張した面持ちで訪問した頼子は、宿に帰還した女将からの伝言を預かっていた。

端的にまとめれば、女将から天野へのお呼びだしだ。

しかも天野単独での。

「面会は三、四十分程度で終わると女将は言っていましたので、ほんの少しお時間をいただくだけでいいんです！」

「長いな。五分ですむならかまわないが」

「おそらく五分は無理ですうう……！」

なかなか動かない天野に対し、縮こまる頼子を見兼ねた玲央奈は、「私は大丈夫ですから、清彦さんは行ってきてください」と口を挟む。

「ほら、半妖関係の大事なお話かもしれませんし」

「話の内容はまあ、大方の想像はついているがな。……君をひとりにするのは気が引ける」

「部屋でおとなしくしていますから大丈夫ですって。小さい子供じゃないんですよ、もう」

「本当か？　勝手にフラリと散歩に出たり、誰かが来ても軽率に戸を開けたりしてはいけないぞ。ズル賢い悪者が、どんな手で君を取って食おうとするかわかったものじゃない」

「七匹の子ヤギですか？」

「敵は狼ではなく蛇だがな」

玲央奈の説得の末、ようやく天野は重い腰を上げて、渋々ながらも女将のもとへ向かっていった。めちゃくちゃ渋々だ。

頼子には口パクで「アシストありがとうございます……！」と、玲央奈は過剰に感謝された。

部屋でひとりになった玲央奈は、椅子の背に凭《もた》れながら思案する。

（清彦さんが戻るまで、なにをしていようかしら……とりあえず明日行く場所、スマホで見ておこうかな）

頼子が来るまで、玲央奈と天野は主に明日の予定について話していた。

この山を下りてすぐのところに、そこそこ大きなりんご園があるらしいと、先に言い出したのは天野だ。予約などもなしでりんご狩りができるから、暇つぶしがてらに行ってみるかと提案してくれた。

銀一&六花宅でりんごを食べてから、個人的にりんごブームが来ていた玲央奈は、すぐに「いいですね」と案に乗った。

天野は「たまたまりんご園のサイトを見つけただけだ」なんて言っていたが、玲央奈の好みを把握した上でわざわざ調べたのだろう。

(私は清彦さんと出かけられるなら、どこでもいいけど……なんて)

やけに乙女な思考をしてしまい、玲央奈は人知れず照れる。

照れを紛らわせるように、急いで座敷机に放置したスマホを取りにいったが、届く前にぬるりと手首に冷たい感触が這った。

「きゃっ! なに……って、え!?」

真っ白な細長い尻尾がユラリと揺れる。

どこから侵入したのか、玲央奈の手首にはぐるりとシロが巻きついていた。

「シ、シロちゃん、どうしてここに……というか、咥《くわ》えているそれって……」

シロが咥えている赤い巾着袋は、両親と繋がる大切なお守りだ。

虚を突かれて呆然としていたが、玲央奈はハッと我に返り、逆の手でお守りを取り返そうとする。だがシロは俊敏な動きでそれを逃れて、ドアの隙間から出ていってしまう。

「ま、待って！」

一瞬、玲央奈は追いかけるべきかどうか躊躇《ちゅうちょ》した。

シロを追いかければ行き着く先は、百パーセント蛇目のもとだろう。

この暴挙が蛇目の指示なのか、露天風呂侵入時のようにシロの個人プレーなのかは定かではないが……。

（で、でも、お守りを人質にされたら行かざるを得ないわ……！　ごめんなさい、清彦さん！　お守りを返してもらったら、すぐに戻ってきますから！）

玲央奈はスマホだけ羽織のポケットに突っ込んで、浴衣の袖を翻して部屋を出た。

廊下をにょろにょろ進むシロを、小走りで追う。

もう遅い時間なので、他のお客があまり出歩いていないのが救いだ。多少走っても誰かに迷惑をかけずに済む。

できるなら、蛇目のもとに着く前に捕まえたいところだ。

「あれっ、玲央奈さん、そんなに慌ててどうしたんだい？」

「銀一さん！　その白蛇を捕まえてください！」

「えっ、蛇？　蛇目さまのとこのシロさん？」

前方に銀一の背中が見えたので、声を張り上げて捕獲を頼んだが、銀一が反応するより早くシロは彼の足元をすり抜けていった。

玲央奈はついつい「ああ、もうっ！」と悪態をついてしまい、「な、なんかごめんね……！」と銀一に謝られる。

「い、いえ、銀一さんはなにも悪くないです！　こちらこそすみません、急いでいるのでまた……！」

困惑する銀一を置いて、玲央奈は追跡を続ける。

結局、途中で捕まえることは叶わず、シロは一階の端のとある一室へと、微かに開いている扉の隙間から入っていった。

そこは玲央奈が予想していたように、蛇目が泊まっている部屋などではなく、大小ふたつあるうちの小さい方の宴会場だった。

扉横にはめくりも立っていて、『化け狸様御一行』と書かれている。

「し、失礼します……」

おそるおそる、玲央奈は扉の隙間から中の様子を窺う。

宴会場は十八畳ほどで、中央に長机がドンとあり、上には食い散らかしたあとの料理が並んでいた。

そして周囲に大量に転がる酒瓶と共に、もふもふした茶色い毛玉……狸たちが、ざっと数えて八匹も転がっている。腹を出して仰向けになっている者もいれば、鼻ちょうちんを膨らませている者、酒瓶を抱えたまま丸まっている者もいて、全員が全員深く寝入っているようだった。

（なにかしら、このわけのわからない酷い状態は）

そんな中、一番奥の席には蛇目もいて、狸たちにかまわず優雅に杯を傾けていた。

彼は初対面のときのような青藍の着物ではなく、宿の浴衣に着替えている。天野も着ている竜胆色のものだ。

お守りを咥えたままのシロも、彼の肩にしなだれかかるように乗っていた。

蛇目はトンッと杯を長机に置くと、玲央奈の方に視線を向ける。

「こんばんは、玲央奈さん。今宵は月がきれいですね」

「え？　は、はい」

「ふふっ、今のも文学に則り口説いたつもりだったのですがね。……そんなところに隠れていないで、お入りになったらどうですか？」

おいでおいでと手招きされ、玲央奈は反射的に近寄ってしまった。

「そちらにお座りください」

蛇目は自分の真横の座布団を勧めてきたが、そこは玲央奈もさすがに警戒心を持って、座布団をあえて離して腰を下ろした。

開いた距離をさして気にしたふうもなく、蛇目はシロの喉元を指先で擽る。

「この子が乱暴な行いをしたようですみません。シロは普段はおっとりしているのに、時に行動的というか……。主想いな子なので、ひとり寂しく酒を呷《あお》る私のために、貴方をここに連れてこようとしたんです」

「やっぱり、シロちゃんの独断だったんですね」

どちらかといえば蛇目自身は、ああいった強硬手段には出なさそうだと玲央奈も踏んでいた。

完全にイメージからの偏見だが、目の前の彼はきっと、相手をじわじわ追い込むもっと姑息《こそく》な方法を好みそうである。

(この惨状については詳しく聞きたいけど……さっさと撤退しよう。清彦さんが帰ってくるまでに、部屋に戻らなきゃ)

玲央奈が「お守りを返してもらえますか?」と手を差し出せば、蛇目はシロの口からお守りを抜き取り、玲央奈に渡す素振りを見せた。

だが、すんでのところでヒョイッとお守りを遠ざける。

「ちょっと! 返してください!」

「確かに貴方をここに強引に連れてきたのは、シロの勝手な行動によるものです。ですが私は、転がり込んできた機会は逃しませんよ? 相棒が頑張ってくれたのですから、玲央奈さんにはもう少しここにいてもらいます」

蛇目はそう告げて、浴衣の懐にお守りを隠してしまった。

「こっ、困ります！　私はすぐに部屋に戻らないといけないんです！」

「なにも無体なことは決して致しません。短い時間でいいので、お酒に付き合ってほしいだけです」

「それでも、清彦さんに心配をかけるかもしれないので……」

「あの天邪鬼さんの焦る顔はぜひとも見たい。逆にますます、お守りは返したくなくなってきました」

蛇目の底意地の悪さは天野の上を行く。

シロはもちろん蛇目側だし、眠りこける狸たちは当てにできそうもないし、この場に玲央奈の味方はいなかった。

もうここはいったん諦めて、天野に事の次第を相談するかとも悩むも、ただでさえ蛇目に対抗心を燃やしている天野に、余計な燃料を投下したくはない。玲央奈としてはなんとか、自分ひとりで穏便に収めたいところだ。

「……わかりました。十分くらいでしたら、お付き合いします。十分経ったら必ず部屋に戻りますし、お守りは絶対に返してもらいますから」

「お約束しましょう」

天野と女将の話し合いは、頼子も三、四十分程度と言っていたし、さすがにまだ最中のはずだ。

スマホで時間を見つつ、十分くらいなら大丈夫だろう……と玲央奈が出した条件を、蛇目は快く受け入れた。

「それでまず、玲央奈さんは私に聞きたいことがあるのでは？　そんなお顔をされていましたよ」

「ああ、えっと、この狸たちはどうしたのかなって……」

「彼らは単に、宿に遊びに来た『化け狸』たちですよ。この宿は半妖だけでなく、女将が害はないと判断した、名持ちのあやかしも泊まりに来ます。獣の姿のままでも宿側は対応してくれますが、つい先ほどまでは皆さん、人間の中年男性に化けていましたね」

そこで玲央奈は、最初に頼子に客室まで案内されたとき、八人ほどの中年男性のグループとすれ違ったことを思い出した。

てっきりサラリーマンの慰安旅行かと思いきや……もしかしたら、彼らこそがこの化け狸たちだったのかもしれない。

「彼らは『化け比べ』がお好きですから。わざわざ人間に化けて泊まりに来たのも、誰が一番うまく人間として振る舞えるかという、化け狸たちならではの酔狂だったようですね」

「でもどうして、化け狸の宴会に蛇目さんが参加しているんですか？　お知り合いとか……？」

「いいえ、たまたま宴会場の前を通りかかったら、酔っぱらった狸たちに共に飲まないかと誘われただけですよ。私の書のファンだという狸さんもいたので、ファンサービスも兼ねて参加したんです」

「ファンサービス……」

「私と同じペースで飲んでいたら、早々に皆さん潰れてしまいましたが」

蛇目は蛇の半妖だけに、相当の〝蟒蛇《うわばみ》〟らしい。

口振りから彼もそれなりに飲んだだろうに、女顔だが男性の色香もあわせ持つ美貌は、赤みひとつ差していない。

「玲央奈さんも一杯呑まれますか？　女将お墨つきの、上物の純米酒ですよ」

「けっこうです。私はお酒は嗜みません」

杯の残る水面をユラリと目の前で揺らされたが、玲央奈はキッパリお断りした。

別にアルコール類は飲めないこともないのだが、玲央奈は特段、お酒をおいしいとは感じないタイプだった。比べるのもおかしな話だが、天野の淹れてくれるコーヒーを飲む方が玲央奈はよほど好きだ。

蛇目は「それは残念です」とたいして残念でもなさそうに言って、あっさり杯を引っ込める。

お酒を飲む、飲まないよりも、玲央奈は化け狸も虜にする蛇目の書を、単純に拝見してみたいと思った。それを率直に伝えれば、「もう見ているはずですよ」と楽しそうに笑われる。

「この宿にある書は、すべて私が女将に頼まれて書いたものです」

「えっ、そうなんですか。じゃあ、部屋にある額縁も、玄関の掛け軸も……？」

「私の作品ですね。中には市場に出れば、おおよそ百万以上の値がつくものもありますよ」

「ひゃく……っ！」

玲央奈は声が引っくり返った。

だけどそのくらいすると言われても、納得はしてしまう。

額縁の【宵】の字も、掛け軸の長々とお客に歓迎の意を謳った字も、どちらもただうまいだけでなく、見る者の心に確《しか》と残り続けるような出来映えだった。高いお金を払っても手元に置きたいという人は、少なからずいるだろう。

部屋の額縁の書が蛇目作だと知れば、天野は「どうりで不愉快なはずだ」と外してしまいそうではあるが。

「玲央奈さんは書に興味がおありで？」

「私はあまり、そういった分野には明るくないんですが……それでも、蛇目さんの作品はすばらしいと思います」

「貴方に褒められるとは光栄です」

存外、蛇目はあどけない表情を浮かべて、本当に嬉しそうだった。玲央奈の拙い感想などより、数多の美辞麗句を日々受けているだろうに……。

（この人、こんな顔もするのね）

浮世離れした雰囲気が、今は人間味を帯びている。玲央奈はちょっぴり意表を突かれた。

主の喜びが伝播《でんぱ》しているのか、シロも元気に真っ白い体をくねらせている。

「……書道という行為は、私にとっては私自身を救う行為と言えます」

「救う、ですか？」

「つまらない身の上話になりますが、私はあの天邪鬼さんと同等くらいには、半妖の中でも妖力が強い方でして。それゆえの特性からきている、この色素の薄い髪色や目の色、それと〝これ〟のせいで、それなりに苦労はしました」

蛇目がそっと自分の頬に手を翳《かざ》せば、白磁のような肌には、先ほどまではなかった亀裂のようなものが走っていた。

いや、これは亀裂ではない。

肌の一部が白い鱗《うろこ》になっている。

「今はこうして消すのも出すのも、いくらでも制御できるんですがね。昔は妖力が制御できずに、たびたびこの鱗が皮膚に出ていました。そういう病気だという体にして、普通の人の中で生活を送ってはいましたが、〝人と違う〟ということは排斥される対象になります。学校ではいじめなどにも遭いましたね。両親はどちらも私には無関心で、周囲に理解者などはおりませんでした。……まあ、私に陳腐ないじめを働いた奴の顔と名前は、ひとり残らず覚えていたので、後々同等の報復はしましたが、そこは悪しからず」

きちんと粘着質は発揮したらしい。

だけど「苦労した」という言葉に偽りはないようで、澄んだ灰色の瞳には陰りが窺える。

「しかし、転機というのは訪れるもので、向けられる悪意に辟易《へきえき》していたところで、私の書の師匠に出会いました。その人はあやかしとは一切関係のないかたでしたが、私の容姿や鱗を見ても忌避《きひ》せず、『どうしようもないことに憂いているなら、書を書け。書を書けば無になれる』と豪語して、私に書を教えてくれました」

「……素敵な出会いをされたんですね」

「ええ。彼のおかげで、私は今こうしていられます」

蛇目の言葉には、真にその師匠への尊敬と敬意が込められていた。いい師弟関係を築いているようだ。

「貴方はどうですか？　この鱗は気持ち悪いですか？」

「いいえ、まったく」

問いに、玲央奈は即答した。

半妖との関わりも増えて、周囲を凍らせてしまう六花や、ネズミ耳が飛び出す頼子とも接したが、玲央奈はすんなりと受け入れている。まず一番身近にいる天野が赤くなる目や、もうひとつ厄介な体質持ちだ。

「確かに人と違うところにはびっくりするし、多少は身構えたりもしますが……それだけでその人を推し測るようなことはしたくないです。蛇目さんの鱗も『あ、蛇らしいな』って思っただけです」

「ふっ、ふふっ、そうですか」

蛇目は手で口元を覆い、肩を震わせて笑う。

頬の鱗はもう消えていた。

「玲央奈さん、貴方はやはり私の理想の上を行くかただ。惚れ直しました」

「ほ、惚れ直すって……⁉」

「愛妻家の師匠を近くで見てきたため、私は互いの人生を預けあう夫婦関係というものに、お恥ずかしながら憧れておりまして。貴方とならきっと、良き夫婦になれるはずです。改めて、私の生涯の伴侶になっていただきたい」

「っ！　わ、私は、清彦さんの婚約者なので……！」

一度目の求婚はただ戸惑ったが、再び面と向かって「伴侶になってほしい」などと囁かれると、さしもの玲央奈も心臓が跳ねた。

真摯に見つめてくる灰色の瞳には、必死に冷静さを取り繕おうとする玲央奈の姿が映り込んでいる。

「その天邪鬼さんとの婚約ですが、なにか訳ありなのではないですか？　たとえば、そうですね……その後ろ首の痣《あざ》に絡んでいるとか」

バッと、玲央奈は【呪】の文字を押さえた。

今は長い髪をアップにしてコンコルドで留めており、蛇目に目敏《めざと》く発見されたようだ。

痣はあやかしと無縁な人には見えないため、普段はそんな指摘を他者から受けることもないのだが……この宿には見える人しか来ないというのに、玲央奈もうっかりしていた。

いや、シロを使って玲央奈たちのことを調べた段階で、蛇目は詳細を知らずとも、呪いの痣があることは知っていた可能性もある。

「貴方の抱えている秘密を、私に教えてくださいませんか？　あの天邪鬼さんよりお役に立てるかと思います。ご期待には必ずお答えしましょう」

「あ……」

スルリと音もなく這い寄るように、後ろ首に触れる玲央奈の手首を、蛇目が掴む。たいして力は入っていないのに振りほどけない。

そのままグッと、蛇目の麗容が玲央奈の顔に近づく。

むせ返る酒の匂いでわからなかったが、彼からは甘い白檀《びゃくだん》の香りがした。

まさしく蛇に睨まれた蛙のように、玲央奈は蛇目の静かな迫力に呑まれて、身動きが取れなくなってしまった。

……それでも、どれだけ蛇目に迫られても、玲央奈の胸の中心を占めるのは、天邪鬼な旦那さまだけで。

(清彦さん……！)

玲央奈が声なく天野の名前を呼んだのと、酔い潰れている狸の鼻ちょうちんがパチンッと弾けたのと、戸が勢いよく開いたのは同時だった。

「おい――俺のお嫁さんをこんなところに連れ込んで、いったいなにをしているんだ？」

開け放たれた戸の向こうには、仁王立ちした天野が立っていた。

臨戦態勢で赤く鋭く光る目。

急いで来たのだろう、きっちり着ていたはずの浴衣は若干着崩れている。

「おやおや、もういらしてしまったんですか？　玲央奈さんとの約束の十分までは、あと二分三十六秒あったんですがね」

時計など蛇目は一度も見ていないはずだが、細かすぎるカウントダウンを脳内でしていたようだ。

いまだ玲央奈の手首を確と掴む、蛇目の手を視界に留め、天野の眉がピクリと跳ねる。それからズカズカと大股で部屋に入ってきて、天野は玲央奈を文字どおり奪い返した。

いきなり天野に片腕で抱き込まれ、玲央奈は「清彦さん!?」とうろたえる。

「なんであれ勝手に部屋を出たことについては、俺のお嫁さんは悪い子だと叱らせてもらうが、粗方の事情は把握している。部屋に戻る途中で銀一さんに遭遇して、お守りを咥えた蛇を玲央奈が追っていった……と聞いたからな。急いで居場所を探って迎えに来たんだ」

「銀一さんが……」

「まず俺に言うことは？　お嫁さん」

「うっ。し、心配をかけてごめんなさい、旦那さま」

しおらしく玲央奈が謝れば、多少は天野の溜飲《りゅういん》が下がる。

だけど蛇目への殺気は膨らむばかりで、玲央奈を抱く腕に力を込めて、座ったままの蛇目を冷ややかに見下ろした。

「よこしまな毒蛇は、やることなすこと卑怯《ひきょう》で恐れ入る。どうせまだ玲央奈のお守りも返していないんだろう？　さっさと返せ。そして金輪際、玲央奈に寄るな見るな話しかけるな」

「お守りはもちろんお返ししますよ。だけど私はますます玲央奈さんが欲しくなってしまったので、そう簡単に諦められそうにありません。……ですが、このままではずっと平行線だ。それで、どうです？　私とひとつ勝負でもしませんか？」

「勝負だと？」

天野が怪訝な顔をする。

天野の広い胸に顔を埋めながら、玲央奈も疑問符を浮かべた。

「良質なお酒がまだ残っていますので、私とそちらの天邪鬼さんで、先に音をあげた方が負けの〝酒飲み勝負〟などどうでしょう？　私が勝てば、玲央奈さんの後ろ首にある痣はなんなのか、貴方たちは本当はどういった関係なのか、洗いざらい吐いていただきます。そして私が玲央奈さんを口説くことを、この先邪魔しないでもらいたい」

「俺の邪魔があろうとなかろうと、玲央奈がお前の口説きに落ちる日なんて永遠に来ないがな。……俺が勝ったら？」

「諦められない恋心を引きずりながらも、潔く貴方たちの前から消えます。玲央奈さんにも二度と接触致しません」

己の勝利条件を聞いて、天野は「いいぞ、そのくだらない勝負に乗ってやる」と好戦的な笑みを浮かべた。

まさかOKすると思っていなかった玲央奈は、ぎょっとして顔をあげる。

「き、清彦さん!? 本当に酒飲み勝負なんてするんですか!?」

「うっとうしい白蛇を追い払える機会を、あちらから申しでてくれたんだ。願ったり叶ったりだろう。あとは男の意地だ」

「男の意地って、なんですかそれ……。そもそも清彦さんって、そこまでお酒飲めましたっけ……？」

会社の飲み会で上役に勧められ、余裕な顔で度数の高い酒を呷る天野の姿は、玲央奈は見たことがあるといえばある。だから酒に弱いわけではないことは、一応知ってはいる。

だけど並大抵の酒の強さでは、蛇目には勝てないだろう。自分はすでに狸たちとある程度飲んでいるにもかかわらず、あえて自信満々に酒飲み勝負を持ちかけるような、蟒蛇中の蟒蛇だ。

おそらく、狸たちと飲んだ分はハンデにもならない。

天野は分が悪いのでは……と、玲央奈が危惧するのは当然だ。

「まずある程度飲めても、清彦さんは別にお酒好きでもありませんよね？　家でもまったく飲みませんし……」

「なんだ、気づいていなかったのか？　俺は君が寝静まった深夜、こっそりひとり酒に耽《ふけ》っているほどの酒好きだぞ」

「ウソですね、旦那さま。家の冷蔵庫に缶ビール一本ないじゃないですか」

「酒は隠してあるんだよ。それに俺は、鬼は鬼でも、実は天邪鬼ではなくて酒呑童子《しゅてんどうじ》の半妖だからな。ほら、酒好きな鬼の」

「ウソが雑すぎますよ！」

しかし、玲央奈がなにを言っても、天野は勝負を降りる気はないらしい。蛇目も「手加減は致しませんよ？」と微笑んでいて、彼らの間ではすでに見えないゴングが鳴っている。

「天邪鬼さんの泣きっ面を拝むのが楽しみです」

「言っていろ。八岐大蛇《やまたのおろち》退治でも片手間にしてやる」

勝負の行方は、まさしく鬼が出るか蛇が出るか。

――こうして、なんとも不毛な酒飲み勝負は始まったのであった。

開いた障子窓から、月の光が薄暗い室内に注いでいる。

聞こえるのは夜風に吹かれる木々のざわめきと、細い虫の音だけ。

そんな中、玲央奈は敷かれた布団の横に座り、膝に適度な重みを感じながら、夜空にぽっかり穴を空けた大きな満月を眺めていた。

「清彦さん、なかなか起きないわね……」

月から膝上に視線を移す。

現在、玲央奈は俗に言う膝枕を、寝入る天野に施している状態だ。

天野は長い足を畳に投げだし、普段のような清涼感のある香りではなく、ほんのりお酒の匂いを漂わせている。キリリと整った端正な顔は、今は無防備な寝顔に変わっていた。

「……ん」

「あ、起きましたか？」

指先でやんわり、天野の艶やかな黒髪をすいて遊んでいたら、ようやく彼の瞼が持ちあがった。

「おはよう、玲央奈」

「真夜中ですけどね。……体調はどうですか？」

天野は己の額に手を当てながら、「今は問題なさそうだ」と答える。

「どうやら俺は、酒を飲みすぎてブラックアウトしたようだな。あの白蛇との酒飲み勝負は、最後どうなったんだったか」

「蛇目さんと清彦さんの勝負なら……」

始まった対決は、まさしく両者一歩も引かない白熱した戦いになった。

交互に同じ量の酒を飲み、どちらかがギブアップするまで続けるというルールだったが、蛇目も天野も素直に〝参った〟なんて言う質ではない。

『早めに負けを認めてはどうです？　慣れないお酒は体に障りますよ』

『お優しい忠告どうも。お前の方こそ白旗を振るなら今だぞ』

止まらない両者の煽りあい。

それと同時に、次々と消費されていく酒。

渦中の人であるはずの玲央奈は、ハラハラしながらもなんとなく審判役をさせられていた。

途中、目を覚ました狸たちがオーディエンスとして加わり、『蛇目さんがんばれー』やら『天邪鬼のにいさんも負けんな！』やら『俺たちもまだまだ飲むぞー！』やら、やんややんや囃《はや》し立て、場は大盛り上がり。

騒ぎを聞きつけた頼子と銀一が、『何事ですか⁉』『なにがどうなってこうなってるの⁉』と、心配して様子を見に来る事態となった。

さすがに目が据わってきた蛇目と、頭がグラグラとフラつきだした天野に、頼子&銀一の宿側から緊急ストップがかかり、ふたりは同時に杯を取り落として場はお開きに……。

その時点で、勝負開始から飲んだ酒の量は同等。

つまり——勝負は引き分けだ。

「引き分けになったあと、蛇目さんの方は頼子さんと狸さんたちが、清彦さんの方は銀一さんと私が、それぞれ支えて部屋に戻りました。あ、その時点でお守りもちゃんと返してもらいましたよ。清彦さんは途中まで意識が半分はあったんですが……布団に辿り着く前に、ガクンと寝落ちしまして」

「それで、どうして君に膝枕をしてもらっているんだ？　旦那の役得だが」

「こ、これは清彦さんが、私にくっついたまま寝たからですよ！　この形にどうにか落ち着いたんです！」

銀一も尽力して、天野を引き剥がそうとはしてくれたが、天野は頑なに玲央奈に張り付いていた。

甘えられているようで悪い気分ではなかったのが、玲央奈としてもほとほと困ったものだ。

「ずいぶんと情けないところを見せたようだな。……すまなかった」

「情けないかどうかはおいとくとしても、あんな勝負を真っ向から受けるなんて、らしくありませんよ」

「……らしくないことだってするさ。大事なお嫁さんにちょっかいを出されて黙っていられるほど、俺の心は広くない。君を奪われるくらいなら、醜態を晒した方が百倍マシだ」

「酔っていると、本音なのかウソなのかイマイチわかりませんね、旦那さま」

……寝ている天野に気を遣って、室内の電気は消しておいて良かったと玲央奈は思う。

平然とした態度を装っているものの、酔いがまだ残る天野のストレートな言葉に、彼女の顔は耳まで赤くなっていた。真偽のほどは定かではないが、天野は酔うと心なしか素直になるのかもしれない。

「だがそれだと、あの白蛇との勝負は持ち越しになったな。次は別の方法で決着をつけるか」

「ヒヤヒヤするので二度とやめてください。だいたいなんの勝負をするつもりですか？」

「わんこそば対決とか」

「ちょっと見たいので止めづらいです……」

わんこそばを次々と平らげていく天野と蛇目。

想像するだけでとてもシュールな光景だ。

「わんこそばはおいておくとして……女将さんとの話はなんだったんですか？　思ったより戻りが早かったですよね」

「俺が早めに切りあげてきたんだ。なに、宿に対する簡単なアンケートだったよ。花丸好評価にしておいた」

「ウソですね、旦那さま。別に詳しくは聞きませんけど……」

話しているうちに、天野の酔いはすっかり醒めたようで、話しかたに調子が戻ってきていた。

そこでいったん、ふたりの間に沈黙が落ちる。

天野が起きたのだから、もう膝枕をやめて離れてもいいのだが、どちらも同じような離れがたさを感じていた。そのためどちらも動かず、ただただ静かに時をやり過ごす。

しばらくして、先に口を開いたのは天野だ。

「……俺を介抱してくれた礼を、玲央奈にはしなくちゃいけないな」

「お礼ですか？」

「ああ。明日は二日酔いでボロボロかもしれないが、君の望みはなんでも聞くぞ。なにをしてほしい？」

玲央奈は一応考えてみるが、やがて静かに首を横に振った。

「特になにも……ちゃんとりんご園に連れていってくれるだけで、お釣りがきますよ、旦那さま」

「そんなことでいいのか？　俺のお嫁さんは相変わらず欲がないな」

「この状況だけで満たされているんですよ、私」

小さく笑った玲央奈に、つられて天野も笑う。

ふたりの声は月光に溶けて、夜はゆるやかに更けていった。

＊　＊　＊

「あらあら、まあまあ！　蛇目ちゃんがお酒の勝負で負けるなんて、珍しいこともあるのねえ！」

「引き分けなので、私はけっして負けてはおりませんよ、女将」

——天野と玲央奈が、部屋で月を見上げているのと同時刻。

こちらも酔いから復活した蛇目は、真宵亭の女将と対面していた。

ここは従業員用の宿舎にある、女将の書斎。

宿舎は宿の裏手に離れて立つ、二階建てのこぢんまりとした建物で、住み込みで働く木之本や頼子はこちらで寝泊まりをしている。

広めの書斎は真ん中がぽっかり空いていて、壁際に木製の座椅子に座卓、ぎっしり宿の資料が詰まった本棚、積みあげられた座布団があるだけの、飾り気のない様相だ。

天野が話しあいに呼ばれたのもこの部屋である。

「それでも珍しいわ！　天野ちゃんも蛇目ちゃんも夢中になる、噂の玲央奈ちゃんには、ぜひ一度直接お会いしたいわねぇ」

女将は着物の袖を口元に添えて、コロコロと笑う。

歳は七十代半ばくらいか。

小さな体躯に藤紫の着物を身に着け、夜会巻きにした髪には銀製の蝶の簪《かんざし》を挿している。丸顔で笑い皺の目立つ柔和な顔立ちには、どこか童女のような可愛らしさがあるが、瞳の奥には宿の主である風格が滲《にじ》んでいた。

「玲央奈さんはとても素敵な女性ですよ。懐の広さや、意思の強さ……知れば知るほど魅力的なかたです」

「あらやだ、ベタ惚れなのねぇ！」

「ですが、彼女は訳ありのようです。あれはなかなかに、厄介なあやかし絡みと見ていいでしょう」

蛇目の指す〝あれ〟とは、玲央奈の後ろ首にある痣のことだ。見る者が見れば、あれは質の悪い〝呪い〟だとすぐにわかる。

女将はうーんと思案気な表情をする。

「こっちの問題も、同じく『厄介なあやかし』の仕業でほぼ確定なのよねえ。わざわざ隣の県まで調査に赴いたけれど、急に原因不明の体調不良に見舞われたって人や、いきなり見るからに衰弱したって人が、半妖さんだけで数十名は確認されたわ。ここ最近、近隣からいらっしゃるご予定だったお客様ばかり、キャンセルが続いている原因はこれでしょうねえ」

最初にキャンセルが入ったのは一月前。

隣の県に住んでいる『小豆《あずき》洗い』の半妖の人からで、なんの前触れもなく具合が悪くなったとかで、予約キャンセルの電話が宿に入った。

それからちょくちょくそういうことがあり、不審がった女将は知りあいの伝手も頼って、念のため自ら調べてみることにした。宿を空けていたわけはこれだ。

そして、被害は徐々にこちらにまで及び、宿のあるこの山の周辺まで拡大してきている。

「銀一ちゃんの娘の、六花ちゃん。あの子の風邪も、私はそのあやかしの影響を受けたんじゃないかって睨んでいるの。学校帰りに、これまたいきなり体調を崩したそうだし……こっちは確証がないから、銀一ちゃんには言っていないけどね」

「そのあやかしに直接狙われたわけでなくとも、影響を受けた可能性は十分あるでしょうね。どうやらそのあやかしは、理由は不明ですが、半妖の者だけを狙っているようですし」

蛇目は長い灰色の髪に、小窓から差し込む月の光を纏わせながら、「きな臭い展開になってきましたね」と嘆息する。

「たしか少し前に、似たような事件がありましたよね？　名無しの強力なあやかしが、手あたり次第に人を襲っていた事件。あちらの被害は一般のかたにまで及んでいましたから、このたびの件より大事になっていたとはいえ、どことなく近しいものを感じます」

「ああ、あの事件ねえ！　あれは『守り火の会』が解決してくれたのよ！　正確には、完璧に解決ってわけじゃなかったみたいだけど、被害は収まったわね。収めたのは貴方のライバルの天野ちゃんよ！」

「へえ……」

蛇目も半妖であるから当然、『守り火の会』の存在は知っているが、彼はこれまで会に関わりは一切持ってこなかった。

蛇目は組織などの団体はあまり好きではない。

基本的には個人主義だ。

「前の事件の話を参考に聞きたくて、天野ちゃんと話しあいの場を設けたの。あまり詳しくは語ってくれなかったけど……今起きている事件についても、天野ちゃんは勘づいているみたいだったわ。さすがはオババのところの秘蔵っ子ね」

「……宿にまでなにかあるようなら、そのときは私も一肌脱ぎますよ。お気に入りの場所を荒らされたくはありませんから。少なくとも、あの天邪鬼さんよりはお力になれるかと」

「蛇目ちゃんたら、張り合っているの？　これは本当に珍しいわ！」

深刻な会話の内容に反して、女将はきゃっきゃっと少女のような笑い声を立てている。

一見するとふざけているようだが、これで彼女が誰より宿を守ろうとしていることは、蛇目はきちんと理解しているため、特段咎《とが》めたりはしない。

「私の結界が働いているうちは、この山一帯はまだ安全なはずよ。だけどこれ以上、うちのお客様や従業員の周りに悪影響が出るなら、私も黙っていないわ」

そう言い切る女将の目は、笑顔に反して笑ってはいなかった。腹に一物を抱えている目だ。

蛇目は女将のこういうところに、自分と近しい性質を感じている。

「それにもう、協力者も呼んじゃったしねえ」

「おや、どなたですか?」

「会ってみてのお楽しみよ」

簪の銀作りの蝶が、キラリと眩《まばゆ》く光る。

月明かりの中で、女将は意味ありげにまた可愛らしく微笑んでみせた。

四話　お子様パニック！

宿泊三日目の朝。

さしもの天野も蛇目との一戦により、二日酔い一歩手前の状況に陥ったようで、朝食が来るギリギリまで布団の中だった。酔い潰れた経験のない玲央奈に辛さはわからないが、頭痛に苛まれている様子が心配だった。

ただいったん起きてしまえば、シレッと普段どおりの余裕綽々《しゃくしゃく》な彼に戻ってはいたが……。

「あの、清彦さん。辛かったら言ってくださいね。無理しなくていいので……」

「俺が無理しているように見えるのか？」

「見えません、けど……」

有無を言わさぬ返しをされてしまえば、玲央奈もこれ以上下手に気遣うことはできない。

（まったく、意地っ張りなんだから）

玲央奈も人のことは言えないのだが、それはそれである。

今日も変わらずおいしい朝食をいただいてから、ふたりはりんご園に行く支度を始めた。

「清彦さん、これを見てください」

「なんだ？」

行く前に今一度、スマホでりんご園のサイトをチェックしていた玲央奈は、天野にいそいそと画面を見せる。

「ここのりんご園、十種類以上のりんごが食べられるそうですよ。お持ち帰りもできるみたいなので、莉子姉のお土産に持って帰りたいです」

スッと、天野も画面に目を走らせる。

「ああ、いいんじゃないか。莉子さんは喜ぶだろう」

「食べ物のお土産が欲しいと、遠回しにリクエストをもらっていたので……清彦さんも、オババ様や稲荷さんに持っていったらどうですか？」

「そうだな。オババ様には何種類かのりんごの詰め合わせを、ユウにはりんごの葉っぱを渡してやろう」

「ウソ……ということにしておいてください、旦那さま。さすがに稲荷さんがかわいそうです」

気の置けない幼馴染みだからこそだろうが、天野の稲荷に対する扱いはなにかと雑だ。

他にも玲央奈は、嬉々としてサイトのページをあれこれと見せていく。あまり顔には出ないものの、密かにはしゃいでいる玲央奈を前に、天野も捻くれたことを言いつつ楽しそうにしている。

「あと、ここのりんご園って……ん？」

盛り上がっていたところで、小さく戸をトントンと叩く音が聞こえた。

頼子や違う仲居ならば、すぐに一声かけてくるだろうが、声はかからず間をあけてまたトントンと鳴る。

「なにかしら」

畳から立ち上がって、玲央奈は戸を開けようとした。

しかしそんな彼女を、天野が腕を掴んで引き留める。

「待て、俺が開ける」

「え？　べ、別にいいですけど……」

「またあの白蛇のペットにでも入り込まれたら、今度こそ蛇皮の財布にしてしまいかねないからな。白蛇本人かもしれないし、君は下がっていろ」

天野は蛇目&シロの来襲を警戒しているらしい。玲央奈に代わって、慎重に戸を開け放つ。

「あれ？　誰もいませんね」

「よく見ろ、玲央奈。下だ」

「下……？　あっ！」

目線をぐっと下げると、そこにいたのは予想外の生き物だった。

背中に甲羅《こうら》を背負った、緑色の二頭身ボディ。頭にちょこんと乗っかる皿。大きさは玲央奈の手の平に収まるくらいしかなく、そのせいで玲央奈は一瞬、視界から見落としてしまった。

（河童、よね？　あの滝の周辺に住んでいる子かしら。でも、どことなく見覚えがある気も……）

天野に怯えているのだろう、プルプルと震える姿が玲央奈の記憶と一致する。

「……もしかして、水族館で迷子になっていたミニ河童くん？」

「ッ！　オネエチャン？」

当たりだったようだ。

勢いよく足元に抱きついてきたミニ河童を、玲央奈は両手で掬《すく》い上げる。

「どうしたの？　久しぶりね」

「トウチャン、カアチャン、ミンナデ、ヤドキタ」

「家族旅行？」

コクン、と頷き返される。

ここはあやかしも泊まれる宿。

化け狸たちも団体で遊びに来るくらいなのだから、河童の親子が遠方の山から旅行に来ても、さほど驚くことでもない。

一匹で水族館にいるところを目撃した方が、玲央奈はよほど驚いたものだ。

「でもなんで私たちの部屋に……親河童さんたちは？」

「トウチャンモ、カアチャンモ、オキナクテ、ツマンナカッタ。オヘヤ、ヒトリデ、デタ。モドリタクテ、デモヘヤ、ドコカワカンナク、ナッタ」

「つまり、また迷子なのね……」

自分の部屋に帰れなくなったミニ河童は、手当たり次第に人の部屋を訪ねており、その過程で玲央奈たちのところに行き当たっただけらしい。

「そういうときはね、宿の従業員さんに聞けばいいの。そうすればすぐに、あなたの部屋を教えてもらえるわ」

「ジュウギョウイン？」

きょとんと、ミニ河童は丸い目をさらに丸くする。

『従業員』という言葉の意味自体、そもそもあまりわかっていなさそうだ。

（放っておくのも不安だわ）

「あの、清彦さん」

「わかった、わかった。りんご園に行く前に、その河童を部屋まで送り届けたいんだろう？」

チラッと玲央奈が視線を遣っただけで、天野は彼女が言わんとしていることを察したようだ。彼は「俺も付き合うさ、君のお人好しには慣れてきた」とわざとらしいため息をついている。

「迷子を保護しただけですし、お人好しってほどのことでもないと思いますけど……じゃあ、行きましょうか。河童くんはここに入っていてね」

「ウン」

ちょうどいい収納スペースがあったと、玲央奈は自分のカーディガンのポケットにミニ河童を入れた。

本日の玲央奈のコーデは、ミディアム丈のカーキのカーディガンに、白ニットと紺チェックのガウチョパンツだ。どれも旅行のために浮かれて新調したことは、天野には恥ずかしいので秘密である。

ポケットにすっぽり収まったミニ河童は、ぴょこんとお皿の乗っかる頭だけを覗かせている。

そんな状態でふたりと一匹は廊下に出て、キョロキョロと従業員の姿を探した。

「あっ、いいところに」

角を曲がったところ、花瓶の置かれた台のそばに、銀一と頼子がそろって立っていた。背の高い銀一と小柄な頼子が並ぶと、身長差がかなりある。

「銀一さん、頼子さ……っ！」

しかし、かけようとした声を、玲央奈は途中で飲み込んだ。

彼らは近い距離で向かい合い、頬を染める頼子の片手を銀一がそっと取っていて、なにやらとてもいいムードだったのである。

（お、お邪魔しちゃ悪いかしら……!?）

ついドキドキと、足を止めて見守る姿勢に入りかける玲央奈。そんな彼女の横を天野はスルリと抜けて、あっさり頼子たちに近づいていく。

「あっ、だめですよ、清彦さん！」

「面倒事はさっさと片づけた方がいい」

玲央奈が止めるのも聞かず、天野は「すみません、少し聞きたいんですが」と横槍《よこやり》を入れる。

「へっ？　あっ、はい！　なんでしょうか？」

パッと、頼子は銀一と触れ合っていた手を引っ込めて、即座に仲居頭モードに切り替わった。

玲央奈は「清彦さん、そこは空気を読まなくちゃっ！」とむくれたが、頼子の右の人差し指に、可愛らしいウサギ柄の絆創膏《ばんそうこう》が貼られているのに気づく。

「頼子さん、怪我されたんですか……？　大丈夫ですか？」

「あ、はい。これは……」

「そこの鈴バラの枝に、誤って引っかかっちゃったんだよ。トゲがまだ残っていたみたいでね」

　頼子の代わりに、花瓶に飾られた枝を示して銀一が教えてくれる。

　オレンジ色のコロコロとしたバラの実が、鈴なりについた鈴バラの枝は、秋の花材の定番だ。華美すぎない枝物は宿の内装にもあっている。しかしながら、鈴バラはトゲが硬いことも特徴のひとつである。

「一度下げて手入れをしようとしたら、ピッと指先を切ってしまって……でもお客様が怪我をされるよりは良かったです」

「血が出ていたから、僕が持っていた絆創膏を貼っているところだったんだ」

　さっきのいいムードは、単に手当て中だったようだ。

「この絆創膏は大事にします……」

　絆創膏に視線を落とす頼子は、恋する乙女っぷりを全開にしている。だが銀一は罪深いほど鈍く、「血が止まったらすぐ捨てて、新しいやつに変えた方がいいよ！」なんて情緒のないことを言っていた。

　ちなみにやけに絆創膏のデザインが可愛いのは、六花用に買ったお子様用のが、たまたまスラックスに入っていたからだそうだ。

「それで、天野さまたちのご用件は……？」

「あっ、実はこの子が……」

玲央奈はポケットからミニ河童を出して、頼子に預けようとした。だがその前に、カツンッと高らかにヒールの音が鳴る。

「——あら、こんなところにいらしたの。お久しぶりね、清彦、玲央奈さん」

廊下の向こうから優雅な足取りで現れたのは、白髪のベリーショートに、群青色のカシュクールワンピースを着た老婦人だった。

肩には高級ブランドのショルダーバッグをかけて、値の張りそうなイヤリングやネックレスを身につけている。それだけでも上流階級なことが窺えるが、堂々とした佇まいには、年齢などものともしない覇気と高貴さがあった。

（ど、どうしてこの人がここに……!?）

突然の意外な人物の登場に、玲央奈は大いにうろたえる。

「お、お久しぶりです、オババ様。でも、あの、なんで……」

「あら、ふふふ。わたくしは妹の方ではなくってよ？」

「え……」

「まあ、貴方とは直接話したわけではないし、余計わからないかしら。昔からよく間違えられるのよね」

「えっと……？」

困惑する玲央奈。

どこからどう見ても、以前玲央奈も会って話したこともある、天野の育ての親であるオババ様だ。

「前回のあやかし退治以来ですね、マダム」

……だけど天野は、微かに切れ長の目を見開きながら、彼女のことを〝マダム〟と呼んだ。

（マダムって……もしかして、オババ様の双子のお姉さん？）

先ほども妹がどうとかいう発言をしていたし、つまりはそういうことだ。

オババ様自身は半妖ではなく普通の人間だが、彼女には見た目が瓜ふたつの、力の強い半妖の姉がいると聞いていた。それが今、目の前で赤い唇をつり上げている彼女なのだ、きっと。

（本当にそっくりだわ。確か、オババ様は〝オババ様〟って呼ばないと怒るけど、マダムは〝マダム〟って呼ばないと怒るのよね）

妙なこだわりを持つ双子である。

天野は神妙な面持ちで、マダムと相対している。

「マダムもまさか、この宿にご旅行ですか？」

「そうと言いたいところだけど、女将から頼まれ事をされましたの。泊まりではなく立ち寄っただけで、用がすめばすぐに帰りますわ」

「それは残念。……その用とは?」

「詳しい話は女将の書斎で致しましょう。あなたたちも泊まっていると聞いたから、ふたりまとめて巻き込んでしまおうと思いましてね。書斎に向かう前に探していたのよ、さあ早く行かなくちゃ」

「わっ!」

マダムは玲央奈の腕を掴んで、見た目の〝エレガントな老婦人〟っぷりからは想像もつかないバカ力で、ぐいぐいと引っ張って歩きだす。ヒールを鳴らす歩きかたはあくまでエレガントなのだが……。

天野は顎に手を添えて、しばし考える素振りを見せたものの、やがて諦めたようにマダムに続いた。

「あ、あの、ちょっと待ってください! ええっと」

玲央奈はつんのめりながらも、なんとか制止しようとする。

ポケットの中ではミニ河童があわあわと慌てているのがわかり、せめて頼子たちに手短に事情を話して、預けることだけはしたかった。

その頼子たちといえば、展開についていけずポカンと立ち竦んでいる。マダムは女将が個人的に呼んで、たった今来たようだし、従業員側にはマダムの来訪は知らされていなかったようだ。

「よ、頼子さん！　か、河童を、その……っ！」

「ああ、二年ぶりくらいに来たけれど、やはりいいお宿ですわねぇ。今度は頼まれ事のためではなく、ゆっくり姉妹で温泉旅行に来たいものですわ」

オババ様も〝世界の中心は自分〟というくらいのマイペースな人だったが、マダムは妹の上を行くマイペースさで、玲央奈の制止などどこ吹く風だ。

天野もマダムに調子をあわせ、「せめて帰る前に露天風呂だけでも浸かっていけばどうですか？」なんて呑気《のんき》に提案している。

「それもいいですわね。近頃歳のせいか、体の節々が痛いのよ。温泉で若さを取り戻したいものですわ」

「御冗談を。マダムはまだまだお若いですよ」

「女性を褒めるのが達者になったじゃない、清彦。可愛いらしいお嫁さんができた影響かしら？」

「嫁をきちんと褒められる、理想の旦那でいたいですからね」

「よい心がけですわ」

繰り広げられる会話は、玲央奈にはツッコミどころしかない。

（清彦さんの周りは、強烈なキャラの人ばかりだわ……！）

結局、ミニ河童はポケットに入ったまま、玲央奈と一緒にズルズルと連行されていった。

玲央奈は従業員宿舎に来るのは初めてだが、天野は昨晩も訪れたばかりだ。女将の書斎の戸を開けると、そこには先客として蛇目がいた。

「……なぜ白蛇がここにいる？　不愉快だな、消えろ」

「おや、天邪鬼さんに、私の未来の伴侶殿ではないですか。私は女将に呼ばれたのですよ。消えるなら玲央奈さんを置いて貴方だけどうぞ」

出会い頭に火花が散るのにも、玲央奈はだんだん慣れてきた。

書斎にしては広い六畳の空間には、中央に座布団が三つだけ置かれていた。これを用意したのは女将だろうし、天野と玲央奈を捕まえてきたのはマダム個人の判断で、本来なら蛇目とマダム、女将だけの会合になる予定だったみたいだ。

マダムは隅に積まれた座布団を勝手に二枚持ってきて追加し、座布団は向かい合わせにふたつずつ、俗に言う誕生日席にひとつの、計五つになった。

「玲央奈さん、私のお隣にどうぞ」

「行かせるか」

蛇目に玲央奈は手招きされたが、天野にぐいっと引っ張られて隣同士で座らされた。

今日はよく引っ張られる玲央奈である。

誕生日席は女将の席ということで、必然的にマダムが蛇目の横に座る。

「電話で女将から、清彦に強力なライバル出現で、玲央奈さんを取りあっておもしろいことになっている……と聞いていたけれど、本当におもしろいですわね。蛇目さんだったかしら？　貴方の美しい書は以前から拝見していたけれど、ご本人とお会いするのは初めてね」

「蛇目史郎と申します、以後お見知りおきを。今の玲央奈さんは、天邪鬼さんとウソくさい婚約関係にあるようですが、いずれは私の伴侶になりますので、そこはあしからず」

蛇目の宣言に、マダムは「あら、大胆不敵ですこと」と品よく笑う。

「妹は清彦の味方をするでしょうけど、私はどちらにも肩入れはしませんわ。略奪愛もおおいに結構よ」

「略奪愛、甘美な響きですね」

「成功したら報告してちょうだい」

「私と玲央奈さんの祝言にもお呼びしますよ」

「それは待ち遠しいですわ」

マダムと蛇目の会話に、天野は真顔のままどんどん不機嫌になるし、当人である玲央奈はいたたまれない。

混沌とする室内に、遅れてようやく女将が入ってきた。

「あらあら？　今回は呼ぶつもりなんてなかったのに、どうしてかしら？　天野ちゃんがいるわ！　それに噂の玲央奈ちゃんも！　はじめましてねえ、私がこの真宵亭の女将よ！」

「は、はじめまして」

（この人がこの宿の女将さん……変わり者って聞いていたけど、ずいぶん可愛らしい人ね）

唯一女将と初対面の玲央奈は、第一印象でそんな感想を抱いた。

歳はそれなりだろうに、言動や佇まいに若々しさが滲むところなどは、少しオババ様やマダムにも似ている。

女将は藤紫の着物の裾を揺らし、夜会巻きにした髪に蝶の簪をきらめかせながら、残った座席に腰を落とす。

遅れて、女将の疑問に答えたのはマダムだ。

「清彦と玲央奈さんは、わたくしが参加させましたの。このたびの件、清彦たちも無関係ではないようですから」

「まあ、そうなの？　昨日の時点で、天野ちゃんからお話は聞けたし、もう巻き込まないようにするつもりだったんだけど……」

「どんどん巻き込みなさいな。まだ見ぬ敵に対策を講じるなら、こちら側の数は多いに越したことはなくってよ」

（敵？　対策？）

彼女たちがなんの話をしているのか、玲央奈はチンプンカンプンだった。天野と蛇目は理解しているようなので、この中で玲央奈だけが取り残されている。

そんな玲央奈に、女将はやけに軽い口調で説明してくれる。

「実はね、ここらへんの地域一帯で、とっても厄介なあやかしが、半妖さんばかりを狙って悪さを働いているようなの。被害はじわじわ広がっていて、今わりと大変なのよね。それについて話しあっておこうと思って、協力してくれそうなメンバーに集まってもらったのよ」

「そ、そんなことが起きていたんですか……？」

ただのほほんと旅行を楽しんでいた玲央奈には、寝耳に水である。

しかしながら……マダムが言ったように、玲央奈は無関係ではなかった。それどころか、次のマダムの言葉で思い切り当事者だとわかってしまった。

「……まだ確証がないことですけれど、その〝厄介なあやかし〟は、玲央奈さんに呪いをかけた例の相手かもしれませんわ」

「私の……!?」

「こちらを見て」

目を見開く玲央奈の前に、マダムはショルダーバッグから出した、柄のない銅枠の丸鏡を置いた。

マダムは前回の、普通の人間まで無差別に襲われた事件のときに協力してくれていて、玲央奈の呪いのことも把握している。鏡はそのときにも使われたもので、玲央奈にはバッチリ見覚えがあった。

オババ様の姉であると同時に、『守り火の会』の最古参メンバーであるマダムは、『雲外鏡《うんがいきょう》』という鏡のあやかしの半妖だ。

彼女が己の妖力を込めた鏡には、あやかしを封じ込める効果があり、天野と玲央奈はそれを使って前回、玲央奈に呪いをかけたあやかしを封じた。

おそらくこの鏡の中に、そのあやかしはまだいる。だけどソイツは本体ではなく、いわば本体の一部である分身だった。

そのため、玲央奈の呪いはまだ解けずに後ろ首にある……という事情は、当然ながら蛇目と女将は知る由がないので、マダムはざっとあらましを語り、必然的に玲央奈の呪いについても赤裸々に明かされることになった。

「そうだったの……苦労したわよね？　玲央奈ちゃんがここまで無事で、本当に良かったわ」

「……なるほど、それが玲央奈さんの〝秘密〟ですか」

労りの表情を浮かべる女将に対し、蛇目はなにやら含みのある様子だ。天野に酒飲み勝負を持ちかけてまで、聞きだそうとしていた玲央奈の〝秘密〟を、思いがけず知れて嬉しそうですらある。

反応に困った玲央奈は、ひとまず話を先に進めることにする。

「それで、あの……どうしてマダムは、今回のあやかしと、前回の私の呪い絡みのあやかしが、同じ奴だとお考えになったんですか？　前回は半妖さんに限らず普通の人も派手に襲っていましたし、手口が違うような……」

「マエノトキハ、オレタチモ、ケイカイ、シテタ。イマハ、ホカノアヤカシ、ベツニケイカイ、シテナイ」

玲央奈のポケットでおとなしくしていたミニ河童が、おずおずと這いでてきてつけ足した。

前回は名無しの凶悪なあやかしの存在に、名持ちの弱いあやかしたちは怯えており、ミニ河童も玲央奈に『アブナイノ、チカヅイテル。オネエチャンモ、キヲツケテ』と警告してくれた。

しかし今回は、名持ちのあやかしたちは、取り立てて警戒態勢に入っているということもないらしい。

マダムは大ぶりのルビーのイヤリングを揺らしながら、そのことも踏まえて根拠を話す。

「なによりもまず、その鏡の中にいる分身の動きが不穏ですの。気のせいでなければ、妖力が少しずつ強くなっていて、鏡から今にも逃げだしそうな勢いですわ。これはわたくしの見解だけど……半妖のかたばかりを狙っているのは、妖力を蓄えるためではないかしら」

つまりマダムが言いたいのは、分身を捕らえられて弱った本体が、その分を補うために、半妖の者から妖力を奪っていっているということだ。

半妖の者は多かれ少なかれ妖力を持っていて、それは生命力にも直結する。一気に妖力が無くなれば体調も崩すし衰弱もする。

ではなぜ、同じあやかしからは奪わないのかといえば、ひとつは単純に半妖の人間からの方が奪いやすいからだろう。あやかし同士の方が、狙われているとわかると敏感に察知し、逃げられるおそれが高くなる。その点、半妖の者なら気付かれずに隠れて狙える。

もうひとつは、人間に辛酸を舐《な》めさせられた腹いせもあるのでは……とのことだ。蛇目ではないが、執念深い。

だからミニ河童をはじめ、名無しのあやかしたちは警戒していないのだ。

「おまけに半妖の中でも、わたくしや清彦のように妖力が飛び抜けて強い者ではなくて、そこそこの妖力の持ち主ばかりを狙っているみたいですわね」

マダムが憎々しく「小賢しいこと」と呟けば、ずっと黙っていた天野が難しい顔で口を開いた。

「マダムの見解が正しければ……今回の相手は確かに、玲央奈に呪いをかけた奴のまた分身、もしくは今度こそ本体の可能性は十分にありますね。俺もその可能性は一応、考慮はしていたが……」

最後はひとり言のようだったが、玲央奈は天野の言葉に引っかかる。

「……ちょっと清彦さん、その可能性も考えていたなら、先に私にも話しておいてくださいよ。私は知っておくべきことでしょう」

「俺にはマダムのような根拠はなく、あくまで可能性のひとつだったからな。ただの勘に近い話をわざわざする必要はないだろう」

「そうだとしても、です。少しでも私に関係がありそうなら、私に伝えるべきです。まさか、本当にその可能性どおりだったなら、私には最後まで伝えず、ひとりで解決しようとしていたなんて言いませんよね？」

「そうだと言ったら？」

「怒ります」

玲央奈は大きな猫目で天野を睨む。

（当事者なのに、知らずに終わっていたなんて冗談じゃないわ）

彼女の本気を感じ取ったのだろう、天野は珍しく歯切れ悪く口ごもっている。だがやがて「……旅行を楽しんでいる君に水を差したくなかったんだ」と、バツが悪そうに答えた。

「な、なんですか、それ」

「せっかくの新婚旅行なんだぞ、嫁にはただ、心おきなく満喫してもらいたいものだろう」

ふんっと、今度は思い切り開き直る天野。

まさかそんな答えがくると思わず、重要なことを黙っていた天野への怒りより、擽ったい気持ちが玲央奈の中で上回る。

「オネエチャンタチハ、トウチャント、カアチャンミタイニ、ラブラブフウフ、ナノ？」

体中を巡る熱を持て余す玲央奈に、ミニ河童が無邪気に追い討ちをかけてきた。女将とマダムは「天野ちゃんはお嫁さんに弱いのねえ」「まだまだ青いですわ」などとニヤニヤしているし、蛇目は心なしかおもしろくなさそうに眉を寄せている。

「さて、そろそろ話をまとめましょうか！」

しばし脱線したが、ニヤつきを引っ込めた女将が声を張って仕切り直す。

「現状は理解してもらえたかしら？　まだ玲央奈ちゃんの呪いと本当に関係があるのかは未確定だし、私は今の段階では、もう少し様子見が必要かしらって思っているの。こちらから打って出るようなつもりはまだないわ」

〝まだ〟ということは、なにかあれば女将から仕掛けるつもりもあるみたいだ。彼女はスッと天野に視線を遣る。

「どちらにせよ、天野ちゃんたちは明日の午前にはお帰りになるものね？」

「はい。ですが現状に新たな動きがあれば、またいくらでも駆けつけますよ。俺のお嫁さんに関係する可能性が高いならなおさらです。そのときは女将の計らいで、この宿のもっといい部屋に泊めてください」

「やだ、天野ちゃんたら抜け目ないわ！　もちろん大歓迎よ！　でもできることなら、私の方で片をつけちゃいたいのよねえ。そのために封印用の鏡を借りておきたくて、わざわざマダムを呼んだのだし」

そこでマダムは、「お貸しするのはこちらの方よ」と、バッグからもうひとつ鏡を取り出す。

同じく柄のない丸鏡ではあったが、枠が銅製ではなく銀製だ。並べて置くと、銀製の方が明らかに真新しかった。

「分身を封じた銅枠の方は、油断なりませんから、わたくしが厳重に保管して見張っておきますわ。銀枠の方は最近試しに作った改良版ですの。より封じ込める力が強くなった分、扱いにはくれぐれも注意してちょうだい。扱いを誤ると……そこ！　なにをしているの！」

急にマダムの鋭い声が飛ぶ。

玲央奈が目を離した隙に、ミニ河童が好奇心ゆえだろう、水掻《みずか》きのついた手で銀枠の鏡面に触れようとしていた。

玲央奈が止めるには指先が数センチ届かず、代わりに天野が「悪さをするな」とミニ河童をつまみあげる。だがそれすら遅かったようだ。

「きゃっ……！」

カッ！と鏡から白い光が放たれる。

玲央奈は短く悲鳴を漏らして、その眩しさに目を瞑《つむ》った。

「くっ！」

咄嗟《とっさ》に天野は、大きな手の平でミニ河童を光から守ったが、残念ながら自身は守れなかったようだ。

「き、清彦さん？　清彦さん、大丈夫ですか……って、ええっ⁉」

目を開けて、玲央奈は驚愕する。

彼女の隣には、天野が着ていたテーラードジャケットをすっぽり被った、五歳くらいの男の子が座り込んでいた。

サラサラの黒髪に、ぷにぷにの頬っぺた。子供らしい愛くるしさの中に、凛々しさもあるバランスの取れた顔立ち。そこまでなら普通のきれいなお子様だが、額には一本角がピンと立ち、口からはちょこんと牙がはみだして、耳も少し尖っている。

なにを隠そう――この男の子は天野本人であり、彼の〝小鬼バージョン〟（稲荷命名）である。

「は……なぜこんな……」

小さい天野も、自分の縮んだ手足を見て困惑している。

天野は妖力を使いすぎて不足すると、体が限界を訴えて、まれに子供の姿になってしまう困った体質持ちだ。しかしながら、今回の原因はどう考えてもマダムの鏡だろう。

そのマダムといえば、頬に手を当てて「これまた懐かしい姿ですわねえ」と呑気なコメントをしている。

「取り扱い注意だと言いましたでしょう？　その銀枠の鏡はあやかしを認識すると、銅枠の鏡よりもはるかに強い力で引き込んでしまいますの。そちらの河童さんが触っていたら危なかったわ、鏡に閉じ込められるところでした」

危機一髪だったらしいミニ河童は、天野の衣服に埋もれながら、緑の顔を青くしてアワアワしている。

「あの、でも、清彦さんのおかげでミニ河童が助かったのはわかりましたけど、どうして清彦さんが小鬼に……？」

「おそらく河童さんの代わりに、清彦の妖力だけが封じ込められたのでしょうね。それで妖力が不足した状態になったのよ。難儀なことだわ」

「ええ……」

天野からしてみればとんだトバッチリだ。

彼は今、ジャケットにくるまれたまま女将に抱き上げられ、「可愛いわ、可愛いわ！」と興奮した彼女に頬擦りされている。

「天野ちゃんの体質、オババやマダムに聞いていたけれど、こんなに可愛いなんて！ご対面できるなんてラッキーだわ！　まずは服を用意しなくちゃいけないわよね……ああ、そうだわ！」

女将は閃いたという顔をする。

「以前にデザイナーのお客様からもらった子供服、六花ちゃんにあげるには小さすぎるし、着せる子がいなくて悩んでいたところだったのよ！　ねえねえ、天野ちゃん、いろいろと着てみない？　女の子用だった気がするけど、今のあなたなら問題なく着られると思うわ！」

「女将、俺はあくまで成人男性なので……」

「おやおや、これは無様……いえ、確かにお可愛らしい姿ですね」

「黙れ、笑うな白蛇」

おまけに蛇目にはくっくっくっと肩を震わせて笑われ、天野はたいそうご立腹だ。

玲央奈も本音を言えば女将たちに交ざりたかったが、ここで玲央奈まで加われば、彼は完全に臍《へそ》を曲げてしまうだろう。

（できればかまい倒したいけれど……！）

そもそも天野はいつ元の姿に戻るのか。玲央奈がマダムに尋ねると、「一時的なものだから、明日には戻っているんじゃなくって？」とのことだった。

逆に言えば、天野は明日まで子供のままということだ。

「お洋服はいろんなタイプのものをいただいたから、いくらでも選びたい放題よ！　どれから着せようかしら！」

「スカートでも穿《は》かせればいいんじゃないですか」

「女将はそろそろ離してください。白蛇、お前は覚えていろよ」

つい先ほどまでは真面目な話をしていたはずなのに、今や室内はワイワイと賑やかだ。

この状態の天野が蛇目に凄んだところで、チビッ子がプンプン怒っている様がただ微笑ましいだけである。

浮いたままプラプラと揺れる、小さな手足。

玲央奈はもう我慢できなかった。

「わ、私にも抱っこさせてください……！」

天野の機嫌はまたあとで取るとして、小鬼の彼をかまう輪に、玲央奈も進んで交ざっていった。


書斎での会合後。

あらゆる意味で危険な銀枠の鏡は女将が預かり、本当に鏡を渡しに来ただけのマダムは、さっさと帰り支度をしていた。

「露天風呂に入りたいのはやまやまだけれど、ゆっくりしたいですしまた改めて妹と遊びに来ますわ。清彦と蛇目さんはお互いに負けないよう、頑張りなさいな。玲央奈さん、男を手玉に取るコツは、飴《あめ》と鞭《むち》のバランスですのよ」

……などといらぬアドバイスを残して、マダムはヒールの音と共に颯爽と去っていった。最後まで自由奔放でマイペースな人である。

蛇目は書斎を出てすぐ、仕事の連絡が急遽《きゅうきょ》入ったとかで、今は一時的に宿を離れている。夕方には戻るようだが、彼も有名書道家としてなかなかに多忙らしい。「私の仕事ぶりでも見に来ませんか？」と、なぜか玲央奈は共に来るように誘われたが、丁重にお断りした。

やらかしてしまったミニ河童といえば、ずっと「ゴ、ゴメンナサイ、オニイチャン」と天野に対してプルプル震えていたが、銀一の手に渡ってやっと両親のところに戻っていった。起きたら息子が消えていて、「タイヘンダ！」「ドコニ、イッタノ！」とミニ河童の両親は大慌てしていたそうだが、無事に戻れて一安心だ。

そして、子供になった天野はといえば……。

「天野さま！　次はこちらのドット柄のシャツを着てみてください！　天野さまにとっても似合うと思います！」

「ちょっと、さっきもあなたの選んだ服だったでしょう⁉　天野さま、こちらの水色と白のバイカラーのセーターはどうですか？　これなら男女兼用ですし、男の子でも問題なく着られますよ」

「待ってよ、次は私の番！　天野さま、今は秋ですし、このクマ耳の生えたオレンジのフードつきパーカーをぜひ！　こういうときは思いきり子供らしい服を着なくちゃ損ですよ！」

「あっ、ズルい！　それは私が着せたかったのに！　それならこの水兵さんルックとかも……」

「いや、いっそ今の天野さまなら、思い切ってワンピースでも……」

従業員用宿舎の空き部屋に、ドンと積まれた子供服。

部屋には仲居たちが仕事の合間に代わる代わるやってきて、各々好きな服を手に取り、天野を取り囲んであれこれと着せ替えている。

始めは女将と、急遽呼ばれた頼子だけで服の吟味《ぎんみ》をしていたはずだった。だが女将が所用で席を外したあと、どこから聞きつけたのか仲居がひとり、ふたり、三人、四人……と、どんどん増えていき、今では天野に好きな服を着せる権利を巡って争う事態にまでなっていた。

彼女たちはさすが、自身も半妖かつ、あやかしも泊まりにくる宿の従業員なだけあって、天野の角や牙にはノータッチだ。

ただただ、可愛いチビ天野をより可愛くすることに全力である。

（まあ、小鬼バージョンの清彦さんは、百人中百人が天使だって認める可愛さだし、皆さんの気持ちもわかるけど……）

はしゃぐ仲居たちを、玲央奈は部屋の隅でかれこれ四十分近く見守っている。そんな彼女もちゃっかり、天野が着替える度に写真をスマホに収めていた。

着せ替え人形にされている当の天野といえば、抵抗ひとつせず、やけにおとなしく仲居たちに付き合っている。むしろおとなしすぎて、玲央奈は多少なりとも違和感を抱いていた。

（女将相手にも抵抗はしていたのに、清彦さんたらどうしたのかしら……？　あれは諦めの境地？）

首を傾げていたら、玲央奈の後ろの障子戸がそっと開いた。

「あっ、まだお着替え中なんですね。申し訳ありません、みんな盛り上がってしまって……」

「頼子さん」

仕事に戻っていた頼子が様子を見に来たようだ。

彼女も最初はかなりはしゃいで服を選んでいたが、今は冷静さを取り戻していて、玲央奈に耳打ちしてくる。

「ここだけの話、天野さまが泊まりにくると聞いた時点で、すでにみんなけっこう盛り上がっていたんです。天野さまは『守り火の会』でのご活躍はもちろん、蛇目さまに負けず劣らず美丈夫だと、噂の人だったので……」

「さすが清彦さん……。でも頼子さんは盛り上がらなかったんですよね、銀一さんがいるから」

「はい……って、もう！　なにを言わせるんですか！」

天野の天邪鬼がうつったわけではないが、素直な頼子はからかいやすいと玲央奈は思う。

コホンと、頼子は調子を戻すために咳払いをひとつ。

「ところで、こんなにお時間を取ってしまって大丈夫ですか？　今日はおふたりでお出かけするご予定などは……？」

「あるにはあったんですけど……清彦さんの状態を考えると、難しいかなって」

呪い持ちの玲央奈が、悪いあやかしを寄せつけずにいられるのは、妖力の強い天野がそばにいることで抑止力になっているからだ。

だけど子供の天野ではその抑止力も心許ない。厄介なあやかしの件もある今、下手な行動は控えるのが得策だ。

それに天野の心情的にも、小鬼の姿でホイホイ出かけたくはないだろう。明日、もとに戻った天野と、マンションに帰る道中でりんご園に立ち寄る手も考えたが、運悪く明日は園が月一の休園日だった。

残念だが、りんご園に行くのは諦めるより他ない。

（今日もいい天気だし、せっかくの機会だから行ってみたかったけど……仕方ないわよね）

玲央奈がひっそり落ち込んでいると、やっとファッションショーがひと段落したようで、チビ天野がトコトコと玲央奈のもとへやってきた。

最終的に、クマ耳の生えたオレンジのフード付きパーカー&デニムのパンツに落ち着いたらしい。あざとい格好だが、似合うので大勝利だ。

「待たせたな。そろそろ行くぞ、玲央奈」

「行くってどこにですか？」

「逆に聞くが、りんご園の他にどこに行くんだ。りんごじゃなくて梨の方がよくなったか？」

「えっ……」

玲央奈はうろたえて肩を揺らす。

言わずとも玲央奈の懸念は察していたのだろう、天野は「俺がなんのために、おとなしく着せ替え人形になっていたと思うんだ」とムッスリした表情を作る。

「無力な子供の姿のままでも君と問題なく出かけられるように、わざわざ女将に交渉したんだぞ」

「女将さんに交渉……？」

「女将はマヨイガの能力で、結界を張って悪いあやかしを弾いていると木之本さんが話していただろう。効果範囲はこの山一帯だそうだが、短時間だけなら少しは広げられると聞いてな。山を下りてすぐのりんご園まで、俺たちが出かけている間だけ広げてくれないかと頼んだんだ」

「ええっ!?」

(りんご園に行くためだけに、なにもそこまでしなくても……!)

玲央奈からすれば、自分が行きたい気持ちを我慢すればすむことだったので、大がかりな対策に慌ててしまう。

しかもいつそんな交渉をしていたのか、女将は頼み事を聞く条件として、「天野ちゃん〝で〟、好き放題遊ばせてくれるならいいわよ!」などと言いだしたとか。女将も女将である。

だから天野は、無抵抗でひたすら着替えさせられていたのだ。

「なんだ、待望のりんご園に行けるんだぞ? 嬉しくないのか?」

「う、嬉しいですけど! でも……っ!」

「それなら細かいことはもういいだろう。ほら、行くぞ」

紅葉のような手で腕を取られ、玲央奈は無理やり立たされる。力だけなら、チビ天野に逆らうことなんていくらでもできるが、ふにっとした子供特有の手の感触には別の意味で逆らえない。

さっさと部屋を出て、天野は廊下をずんずん進んでいく。

玲央奈は必死にその小さな背を追いかける。

「お気をつけていってらっしゃいませ」

そんなふたりを、頼子は小さく微笑んで見送った。


山を下りて歩くこと三分。

いかにも手作りらしい木製の看板が見えてきて、アクセスを確認せずともりんご園にはあっさりと着いた。

あやかしなどと関わったこともないだろう、のほほんとした中年の夫婦が営んでおり、玲央奈たちのことは〝親子〟と認識したらしい。

クマ耳フードで角を隠した天野は、一日で夫婦にたいそう気に入られた。

「可愛い息子さんですね。男の子ですか？　とってもきれいなお顔をされていて！テレビで見る子役タレントみたい！」

「お母様も美人だし、将来有望だなあ。成長が今から楽しみでしょう」

「あ、ありがとうございます」

夫婦の褒め言葉に、玲央奈は曖昧な返事しかできなかった。天野の将来が有望なことは、玲央奈はすでによく知っている。

夫婦の厚い歓迎も受けて園内に入ると、客は玲央奈たちだけだった。

「ここで明かすと、俺が君のために貸し切りにしたんだ」

「ウソですね、旦那さま。単純にりんご狩りのシーズンがもう終わりだから、たまま私たちしかいないだけでしょう」

おかげで丁寧においしいりんごの選びかたをレクチャーされ、本来なら時間制限があるところ、無制限の食べ放題でいいと大サービスもしてもらえた。単に、天野が気に入られたからかもしれないが……。

しかしながら無制限にしてもらっても、あいにくと玲央奈たちは、女将の結界が働いているうちに帰らなくてはいけない。

宿を出る前に会った女将には「だいたい一時間くらいで戻ってきてね！」と言われている。

(のんびりはできなくても、その分満喫しなくちゃね)

夫婦から小振りな丸い網籠を受け取って、玲央奈は「よし」と気合いを入れた。この籠にもいだりんごを入れていけばいいという。

園内には二百はあるりんごの木がズラリと生えていて、どれもたわわに実っていた。涼やかな風がサワサワと葉を揺らして、熟れた果実の蜜の匂いをそこら中に振り撒《ま》いている。

真っ赤なりんごは全部が全部、瑞々しくて齧《かじ》り甲斐がありそうだ。

「これだけあると、どれを採ったらいいのか悩みますね」

「選びかたは教わっただろう？　ずっしりと重みがあるものと、表面がツヤツヤなものが食べ頃じゃなかったか？」

「わかっていても、見極めるのが難しいんですよ。でもその姿だと、清彦さんはりんごまで届きませんよね」

りんごに向かってジャンプするチビ天野を想像すると、身悶えしそうなほど可愛かったが、届かないのは可哀相だ。

「今お子様用の台を取ってきますね」

「俺のことは気にするな」

駆けだそうとする玲央奈を、当の天野が首を横に振って止める。

「ただ俺は、君が楽しんでいるところを見るだけでいい」

「……なんか清彦さん、この旅行中、私にやたらと優しくないですか？」

「俺は普段から優しいだろう？」

「そこは肯定も否定もしませんが……優しいというより、その、私のことを甘やかしすぎているというか、なんというか……」

もごもごと言い淀む玲央奈に、天野はフッと、子供の見た目に似つかわしくない大人びた笑みを浮かべた。頭上にはクマ耳がついているのに、やたらとカッコいい笑みだ。

「事前に莉子さんから頼まれたからな」

「莉子姉？」

意外な名前が出て、玲央奈はパチパチと瞬きする。

「君が新婚旅行に行くことを莉子さんに話したあと、彼女から俺に電話があったんだ。『玲央奈はデートも旅行も、そもそも家族や友達と遊びに行くようなことも、これまでほとんどなかったんです！　だからうんと甘やかして、いっぱい楽しい思い出を作ってあげてくださいね、天野さん！』と」

「莉子姉がそんなこと……」

玲央奈に誰かと遊びに行った経験が少ないことは、確かに紛れもない事実だ。

子供の頃は、女手ひとつで必死に育ててくれている玲香に、「あそこに行きたい」「あれがしたい」なんてワガママは言えなかったし、呪いを受けてからは他者との関わりを避け、身を守るのに必死でそれどころではなかった。

水族館デートをしたり、温泉旅行に出かけて滝を見に行ったり、こうしてりんご園に来てみたり……思い出に残りそうなことなど、この歳になってからやっと経験できている。

すべて、天野と一緒に。

「それに莉子さんに頼まれずとも、新婚旅行はただ嫁に満喫してもらいたいと言っただろう？　そのために俺もあれこれ努力したんだぞ」

「どんな努力ですか？」

「具体的には、会社の既婚男性陣にリサーチをしたり、『新婚旅行を成功させる秘訣』とネットで検索したり、夫との旅行がテーマの女性雑誌をわざわざ買って読んだりだな」

「そのへんはさすがにウソですね、旦那さま。でも……おかげで楽しいです。ありがとうございます」

「俺の努力が報われたならなによりだ」

天野はよしよしと満足そうに頷く。

柔らかで丸い頬っぺたが、実るりんごのように紅潮している様子が、玲央奈の庇護《ひご》欲やら母性やらをキュンと刺激した。

（案外、努力の半分くらいは本当だったのかも）

しかし、さあそろそろりんごを採ろうとしたところで、天野は「まあ、情けないところも君に見せてばかりだがな」と、ふと苦い表情も伺わせた。

「清彦さんの情けないところ……？」

「酔い潰れたり、こんな子供の姿になったり……白蛇と余裕なく争ったりしたことは、情けないところだろう？　そこは君の〝楽しい思い出〟からは排除してくれ」

　その言い回しに、玲央奈はムッと不満を抱く。

　腹立たしい気持ちのまま、ぐいっと無理やり、彼女は天野の両手に網籠を押しつけた。

「おい、急になんだ。嫌がらせか？」

「違います！　やっぱりちゃんと一緒に、りんご狩りを楽しみましょうということです！　……わ、私にとっては、この旅行中に清彦さんと過ごした時間は、全部大事な思い出ですから。どれも排除なんてしません！」

　天野と玲央奈の関係がウソだろうとなんだろうと、共に過ごした時間は消えることなく確かに残る。

　だからなにひとつ取り零したくはないのだと、玲央奈は強く想う。

「清彦さんの新しい一面も見られて、私は……う、嬉しかったですし！　最後まできっちり、清彦さんと〝ふたりで〟楽しませてもらいますから！　覚えていてください！」

　かなり恥ずかしいことを口走った自覚はあるので、玲央奈は「あっ、あそこの木のりんごが良さそうです！」とわざと意識を逸らすように、そそくさと目についた木に走り寄った。そこからはりんごの吟味に集中する。

……玲央奈がりんごのツヤ比べをしている一方で、天野といえば、深い深いため息をついていた。

彼は自分が今、初めて子供で良かったと思った。

大人であったなら確実に、場所などわきまえず、不意打ちでデレた可愛い嫁を抱き締めていたことだろう。

「清彦さん、こちらのりんごはツヤがしっかり出ていますよ。当たりっぽいです、早く来てください！」

「子供の俺よりはしゃいで転ぶなよ」

無邪気に笑う嫁を前に、旦那が必死に感情を圧し殺していたことは、その当の嫁には知る由もなかった。

五話　ウソつき夫婦の新婚旅行、終幕

宿泊最終日の朝。

玲央奈が目覚める頃には、天野はもう大人の姿に戻っていた。

白のタートルネックにグレーのパンツといった私服に着替え、優雅に広縁の椅子に腰かけて新聞を広げている。チビ天野が寝るときに着ていた子供用の浴衣は、きっちり畳まれて彼の枕元に置かれていた。

（ああ、もう一度、あの小さい清彦さんの浴衣姿は見たかったわ……）

浴衣に着られている感じがキュートだったのだ。

起きたばかりのぼんやりした頭で、そんなことを考えながら布団から出てきた玲央奈に、天野は「起きたか」と新聞から顔をあげる。

「おはよう、よく眠れたか？」

「はい、おはようございます。清彦さんはいつ姿が戻られたんですか？」

「君が寝入っている真夜中には、すでにな。あの子供の姿にはもう二度と会えないと思ってくれ」

「……定期的になってくれてもいいんですよ？」

「なんだ、大人の俺では不満か？」

危うげな色気を孕む流し目で意趣返しされ、玲央奈は「うっ」と返答に窮する。

昨日は丸一日、小鬼バージョンの天野と過ごしたせいか、寝起きでいきなり大人バージョンの天野と接するのは、なんというか刺激が強い。負けた気分だ。

「君も先に着替えておいた方がいい。朝食を食べたら宿を出るぞ。家に帰る前に、各所にりんごを届けたいんだろう？」


りんご園ではいろいろな種類の新鮮なりんごを味わい、お土産もしっかり確保してきた。

今は宿で預かってもらっているが、渡すなら早い方がいいだろうということで、宿を発ったらそのまま天野の車で、オババ様に莉子、稲荷のところにりんごを届けて回るつもりだ。

あちこち行くことになるので、名残惜しいが宿は早々に出た方がいい。

「今回はこのまま、何事もなく帰れそうですね」

ポツリと玲央奈が零した呟きはもちろん、現在進行形で起こっている、半妖だけを狙った厄介なあやかしの件だ。

「そうだな……君の呪いに関係があるかもしれない以上、女将にはその都度情報はもらって、俺はいつでも動けるようにするつもりだが」

「有事があって女将さんに呼ばれたら、またここに来るんですよね。そのときは私も連れていってくださいね」

玲央奈としては、普通に宿にもう一度遊びに来たいという気持ち半分、自分の呪いに関係があるならなにか手伝いたいという気持ち半分だ。天野は「君に危険がなければな」と曖昧に濁した。

どちらにせよ、それは来るかもわからない次回の話だ。

(だけどなにかしら……さっきから妙な胸騒ぎがするのよね)

ザアザアと、障子窓の向こうで降っている雨のせいだろうか。

旅行中はずっと晴天に恵まれていたのに、最終日の今日に限って、朝から激しい雨だった。

雨雲に覆われる山々の風景は、一度立ち入れば帰ってこられないような不気味さがあり、よくないことが起こりそうだなんて玲央奈は考えてしまう。

そして……悪い予感ほど当たるものだ。

「すみません、ただ今よろしいでしょうか？」

仲居の声がして、玲央奈は急いで寝癖のついた髪を撫でつけ、「はい」と返事をする。

(朝食の時間にはまだ早いはずだけど……)

頼子ではない別の仲居は、確かチビ天野にクマ耳パーカーを着せた人だ。彼女は沈痛な面持ちで頭を下げる。

「申し訳ございません。朝食なのですが、不測の事態が起きまして……。少々予定よりお出しするのが遅くなります」

「朝食は別に遅くてもかまいませんけど……不測の事態って、なにがあったんですか？」

問いかけると、仲居は苦悶の顔で戸惑う様子を見せた。玲央奈の胸騒ぎはどんどん加速する。

「実は……」

意を決したように、仲居はひっそり声を潜めて教えてくれた。

仲居から話を聞いて、玲央奈は身支度だけ手早くすませると、天野と連れ立って足早に従業員宿舎の一室に向かった。そこは昨日、チビ天野のファッションショーを開催した空き部屋だ。

「あの、失礼します。銀一さんが倒れたって……！」

その部屋では、青白い顔をした銀一が布団に寝かされていた。額から汗を流し、硬く目を閉じて苦しそうな呼気を漏らしている。

そんな彼に寄り添っていた頼子が、天野たちの登場にパッと顔をあげた。歳より幼く見える童顔は、今にも泣きそうに歪んでいる。

「おふたりとも……」

「い、いったいなにがあったんですか？　仲居さんからは、銀一さんが出勤途中で倒れているところを発見されて、この部屋に運び込まれたとだけ聞きました」

「それが……」

銀一が倒れていたのは、いつも自転車を停めている駐輪場だ。通りかかった人が見つけて救急車を呼ぼうとしたらしいが、まだ意識のあった銀一が、真宵亭に連絡してほしいとスマホを差し出した。

六花も学校に行っているし、誰もいない家に帰すよりは……ということで、宿の男手が複数人で、細身だが背の高い銀一をどうにかここまで運び込んだそうだ。

「他にも早朝に板前がひとり、宿に出勤しようと家を出てすぐのところで、いきなり具合が悪くなったとの連絡があって、今日は休んでいます。彼もなにが起きたのかわからないといったふうに話していて……」

銀一が倒れたと聞いた時点で、玲央奈も予想はしていたが、これはいよいよ例のあやかしの仕業で間違いない。ついにこの付近までその魔の手を伸ばしてきたのだ。

銀一も板前もおそらく、例のあやかしに妖力を一気に奪われて衰弱してしまったのだろう。

「これは名無しのあやかしのせいなんでしょうか？　女将には最近、このあたりで悪さをしている奴がいると、少しだけ聞いておりましたが……まさかこんなことになるなんて」

「女将には、このことは伝わっていますか？」

不安がる頼子に、天野がなにかを考え込みながら低い声で確認した。

頼子はコクリと頷く。

「女将は昨晩から、仕事で遠方に出かけていて、本来でしたら夜まで不在のはずでした。ですが諸々を電話で報告したら、早急にこちらに戻ると……夕刻頃にはおそらく戻れるとのことです。それと申し訳ございません、私がお伝えしにいくつもりだったのですが、蛇目さまと天野さまたちを、まだお帰りにならないよう、引き留めておいてほしいとも頼まれました」

女将に頼まれずとも、こんな状況を知っては帰れない。

つらそうな銀一と、彼に負けないくらいつらい顔をしている頼子に、玲央奈の胸が痛む。

「……昨日の今日でこれとは、悠長なことも言っていられない事態になってしまいましたね」

「きゃっ！」

いつの間に部屋に入ってきたのだろう、音もなく玲央奈の背後に現れたのは蛇目だ。

彼は艶美な声を鼓膜に吹き込むように、玲央奈の耳元で囁いた。

頬に触れる絹糸のような灰色の髪。

濃厚に香る白檀。

「じゃ、蛇目さん、近いです！　離れてください！」

玲央奈は顔を赤らめて飛びあがる。

「このくらいで赤くなるなんて、玲央奈さんは男心を擽りますね」

「お前が擽るのは俺の嫌悪感くらいだがな」

すかさず天野の方に引き寄せられるのも、これで玲央奈は何度目だろうか。

蛇と鬼は居合わせれば対立するしかないらしく、彼らはすかさず口から毒を飛ばしあう。

「おや、今日は昨日のように、可愛らしい動物の耳のついたお洋服は着なくていいんですか？　仲居の皆さんが話されているのを聞きましたよ、とても似合っていたそうじゃないですか」

「そういった余計な情報にばかり耳聡いな。俺もそうそう、長く子供のままではいられないものでね。その隙に嫁に手を出そうとする、白い害獣が現れるから困りものなんだ」

「白い蛇は幸運を運ぶそうですよ？　どこぞのお子様になる天邪鬼さんよりは、玲央奈さんを幸せにできるかと」

「運ぶのは不幸の間違いだろう」

「さすが天邪鬼。減らず口をたたきますね」

「お前もな」

どちらも相変わらずの調子だ。

ついでに蛇目側には、彼の肩で威嚇するシロの援軍つきである。

「もう、清彦さんも蛇目さんも！　ついでにシロちゃんも！　お宿が大変な状況なんですよ、やめてください！」

玲央奈がそう諌《いさ》めれば、さすがにここは双方とも退いた。シロもシュルシュルと蛇目の着物の合わせに隠れる。

天野は改めて片膝をついて屈み、この騒ぎでも起きない銀一の様子を診る。

「……見たところ妖力を取られて、貧血などに近い症状だな。たとえ病院に行っても過労あたりで診断されるだろうし、実際に妖力が回復するまで、このまま寝ていれば問題はない」

「そうなんですね……良かった」

グスッと涙ぐむ頼子。

そこまで重症ではないと安心したらしい彼女は、汗で張りつ付く銀一の前髪を労るようにはらう。

「ただ妖力の回復には個人差があるから、どのくらいかかるかはわからないな。少なくとも一日か二日は、目を覚ましても本調子ではないはずだし、様子は見てやった方がいい」

「あの、銀一さんが倒れたこと、六花ちゃんはまだ……？」

本人の前ではツンツンしているが、内心では銀一が大好きな六花のことだ。銀一が倒れたことを知れば、絶対に死ぬほど心配する。

「はい、六花ちゃんにはまだ知らせていません。学校から帰る頃には連絡するつもりですが……すみません、私はそろそろいったん、仕事に戻らせていただきます」

頼子はあくまで仕事中だ。

気合いを入れるように帯のズレをきゅっと直し、お仕事用の顔つきになった彼女は、深々と一礼して宿の方に向かっていった。

(頼子さんだって、銀一さんのそばについていたいはずなのに……)

しゃっきり伸びた頼子の背を、玲央奈がなんともいえない気持ちで見送ってから、天野は「さて」と腕を組む。

「宿を発つのは、悪いあやかし退治が終わってからになるな。新婚旅行の最後のサプライズイベントとしては、いささか荒っぽいが。……念のため、あいつも呼んでおくか」

「あいつ……？」

「敵に対策を講じるなら、こちらの数は多いに越したことはないとマダムも言っていただろう？」

天野はパンツのポケットからスマホを取り出して、どこかに電話をかけ始める。そんな天野と離れたところでは、蛇目がシロの喉元をあやしながら、「荒事は得意ではないんですがね」などと呟いていた。

（あやかし退治、か）

玲央奈は後ろ首の痣に手を遣る。

見えない敵はもしかしたら以前のように、因縁のあやかしかもしれないと思うと、呪いの痣が鈍く疼いたような気もした。

とにもかくにも、お土産のりんごは今日中に配れそうもない。

玲央奈たちは止むを得ず滞在時間を延ばし、女将が戻るまで宿で待機することになった。蛇目も本来なら昼には帰るそうだったので、同じくだ。

待機中、新たに昼出勤の予定だった仲居がふたり、体調不良で休みの連絡が宿に入った。

ひとりはそこまで酷くないようだが、もうひとりは銀一並みの衰弱具合で、獲られた妖力の量の差が影響しているのかもしれない。住み込みの従業員は今のところ全員無事なのは、女将の結界内にいるからだろう。

一度、様子を見に山から下りようかという話も出たが、天野が下手に動けば、まだ力を溜めている最中の敵のあやかしは、コソコソと逃げだすおそれもあった。こちらの行動も慎重にいかなくてはいけない。

なんにせよ、事態は深刻だ。

夕方六時を回ったところで、やっと宿に戻ってきた女将は怒り心頭だった。

「私の見通しが甘かったって、とっっっても反省したわ！　ここからは全面対決よ！　戦争よ！　うちの宿の従業員にまで手を出されて、女将として泣き寝入りなんてしていられるものですか！」

女将は瞳をキリキリとつりあげ、年齢にそぐわない少女めいた愛嬌のある相好を、本物の天邪鬼も顔負けの鬼の形相に変えている。

「様子見の姿勢なんてもうやめよ、こちらから仕掛けるわ！　誘《おび》きだして取っ捕まえてやるわよ！　みんなもいい策があればどんどん出してちょうだい！」

またしても宿舎の書斎に集められた天野と玲央奈、そして蛇目は、女将から今回のあやかし退治への、本格的な協力を改めてお願いされた。それを承諾したところで、今は〝あやかし討伐作戦会議〟が開催されている。

「いい策、ですか」

女将の対角に座る蛇目が、まさしく獲物を狙う蛇のように瞳を細めた。

「そもそも誘きだすとしたら、こちらが打てる策は限られてくるのでは？　まだ例のあやかしがこの近くに潜んでいるうちに、囮《おとり》でも用意してかかるのを待つしかないでしょう」

蛇目の言うことはもっともで、囮作戦がきっと一番有効な手だ。この場の誰もそれに異論はなかった。

だけどその作戦を決行するとなると、誰が囮役を引き受けるのかという流れになるが……。

「囮の条件はまず、半妖の者。そして妖力がそこそこで、けっして強すぎない者。この部屋にいる半妖のかたがたでは、私も含めて力が強すぎて、狙われないし近寄っても来ないでしょうね」

「そうなると、条件にあいそうな宿の従業員に協力してもらうか……俺たちで安全は保障します。どなたか手を貸していただくことはできそうですか？」

蛇目の言葉を引き継いで、天野が女将に伺いを立てる。

怒りを一度沈めて困り顔になった女将は、「本当は囮自体、あんまり気が進まないけれど……」と、頬に片手を添えた。

「頼子ちゃんあたりなら、きっと進んで協力してくれるし、妖力の強さを見ても適任だと思うわ。ただうちもね、こんな状況でも普通にお客様は泊まっていらっしゃるから。意中の殿方が心配でも、お仕事を優先して頑張ってくれている彼女に、これ以上負担は増やせないし……。他の子たちも、人手が欠けた今、仕事を抜ける余裕がないと思うのよねえ。私が囮役をできたらいいんだけど」

憂いを帯びたため息をつく女将。

そこで玲央奈はある案を思いつき、おずおずと挙手をした。

「囮役、いっそ私はどうですか？」

玲央奈は妖力もないし半妖でもないけれど、悪いあやかしには極上の餌に見える呪いを身に持っている。相手の力が枯渇している状態でも、〝おいしそう〟に見えることに変わりはないはずだ。むしろ、よりそう見られるかもしれない。

天野の抑止力もなくし、女将の結界もないところでなら、玲央奈でも囮の条件は十二分に満たせる。いや、頼子より適任の可能性すらある。

それにもし、敵が玲央奈に呪いをかけた当のあやかしなら、相手にとっても玲央奈は因縁の相手だ。無防備でいるところをきっと見過ごさない。

そう玲央奈は考え、なるべく理論立てて淡々と意見したのだが……。

「だめだ」

にべもなく、天野に一刀両断されてしまった。

「な、なんでですか？　この考えでいけば、囮役は私でもいけるはずです！」

「いけるかもしれないからだめなんだ。危険すぎる。半妖の者なら妖力を獲られるだけですむが、君の場合は命も危ういんだぞ」

「だからこそ、敵が引っかかる確率もあがるというか……！」

「だ、め、だ」

一語一句、懇切丁寧に却下される。

玲央奈の意見を静かに聞いていた蛇目も、「天邪鬼さんの肩を持ちたくはありませんが、私も反対です」と諭すように言った。

「確かに誘き出せる確率も高いでしょうが、リスクも高い。玲央奈さんにそんな真似はさせられません」

「そうねえ、玲央奈ちゃんは危なすぎるわよ」

女将も反対派らしく、賛同者がおらず玲央奈は一瞬怯《ひる》みかける。しかし、めげずに「で、ですけど……！」と食い下がった。

危険なことくらい玲央奈だってわかっている。

それでも、自分にできることがあるならしたかった。

（他に囮役がいないなら、私がやるしかないじゃない！　こんな問題、早く解決してしまいたいし……それに私、別に怖くはないもの）

「玲央奈……？」

玲央奈は隣に座る天野に、じっと視線を送った。それに天野が訝しげに口を開いたところで、障子戸がパッと開かれる。

「あ、こんなところにいた！　なになに、やけに堅苦しそうな集まりだね。俺、ひょっとして場違い？」

響いたのは成人男性にしては高めの、やけに呑気な声だった。

尖った輪郭に、糸目が特徴的な狐顔。ぴょんぴょんと遊ばせたライトブラウンの髪。ひょろりとした体を覆うスーツは、髪と同色の明るい色合いで、少々派手だが男性の雰囲気にはマッチしている。

彼は遠慮など皆無な軽い足取りで、悠々と室内に入ってきた。

「稲荷さん、どうしてここに!?」

ここにいるはずのない稲荷の存在に、玲央奈は目を丸くする。

当人の代わりに、「俺が呼んだんだ」と答えたのは天野だ。彼は座布団から立ち上がって、己の相方を出迎える。

「仕事のあとに来たわりに、なかなか早かったな、ユウ」

「いやマジで、なに呼びだしてくれちゃってんの、キヨ！」

『ユウ』と『キヨ』は、仲のいい彼らの互いの愛称だ。

稲荷はビシッと天野に指を突きつける。

「あのな？　キヨたちは有給とってラブラブ新婚旅行中だからいいだろうけど、こっちは三連休明けに普通に仕事していたからな？　しかもお前が休みの分を、俺が概《おおむ》ね処理しているところだったんだからな？　そこにろくな説明もせず、『仕事帰りにすぐに俺のところに来い、場所の詳細は送っておく』とだけ電話してきて、一方的に切るってどうよ？　ありえないから！」

稲荷は文句と共に、ここに来た経緯もそれとなく玲央奈に教えてくれた。

会社からこの山まで、車を飛ばしても約一時間。

そこから徒歩で山道も登らねばならず、稲荷が定時にあがったとしても、天野の命令どおり相当急いで来たことになる。だから着替える余裕もなく、稲荷はスーツ姿のままなのだ。

（それは文句のひとつも言いたくなるわ……）

玲央奈はちょっぴり稲荷に同情した。

天野に対する、稲荷の不満は収まらない。

「しかもなにここ？　真宵亭って半妖界じゃ有名だけど、こんな山奥なんて聞いてないし！　雨もひっどいじゃん。俺のオーダーメイドのスーツの裾、びしょびしょなんですけど！」

「天候ばかりはどうしようもないな。仕方ないからクリーニング代くらいは出してやるよ」

「絶対だぞ？　あとで請求書を渡すからな」

「それでもユウが来ることは、事前に木之本さんに伝えておいたから、山では迷わなかっただろう？」

「ああ、木霊のおじいさんね。手を叩いたら赤い橋が出てきたのはビビったなあ……じゃなくて！　横暴なお前に振り回されながらも、ちゃんと来てやった俺になにか言うことは？」

天野はフッと、わざとらしいくらい優しい笑みを作る。

「……来てくれて助かったよ、ユウ。お前にはいつも心から感謝している。俺はお前のことを、兄弟同然の無二の親友兼相棒として、誰よりも頼りにしているからな」

「うわっ、ウソくさ！　その笑顔がもうウソ！　このウソつき！」

「自分で言っていて鳥肌が立った」

「やっぱ来なきゃ良かったよ！」

コントのようなやり取りが一段落したところで、切り替えの早い稲荷はクルリと、女将と蛇目に向き直った。

そしてコミュニケーション能力がずば抜けて高い彼らしい、まるで合コンのようなノリで自己紹介を始める。

「はじめましてこんにちは、俺は稲荷游っていいます！　妖狐の半妖でっす！　趣味は定期的に変わるんだけど、今はボウリングかな。会社の事務の子たちに付き合っていたらハマっちゃって。特技は狐だけに変化？　キヨに呼ばれて来ただけで、ガチで事情はなにも知らないんで！　誰か説明求む！」

「稲荷ちゃんね。あなたのお名前もオババから聞いたことがあるわ。私はこの宿の女将よ。わざわざありがとうね」

「蛇目と申します。お初にお目にかかります」

朗らかに微笑む女将と、表向きは愛想のいい蛇目に、稲荷は「どうもどうも」と頭を軽く下げる。

「あれ？　蛇目くんってさ、もしかしてテレビに出ていなかった？」

しかも稲荷は、直接的ではないにしろ蛇目のことを知っているようだ。

「なんの番組だったかなあ、ゴールデンタイムにやっているやつ！　先月くらいに『書道界の貴公子』とかで特集されていたよね？」

「話題の人物を特集しているやつですね。身に余る評価です」

蛇目は謙遜していたが、玲央奈からすれば、彼が有名人なのだと今さら実感して新鮮な気分になった。

(『書道界の貴公子』……ぴったりの呼び名だわ)

その特集された番組を少し見てみたいと思ったことは、旦那さまの機嫌をまた損ないそうなので口にはしなかった。

顔あわせはすんだので、稲荷は「お邪魔しまーす」と、座布団も敷かずに天野の空いている方の隣に座る。事情を説明する係は玲央奈が買って出て、囮役云々で揉《も》めていることも話した。

すべて聞き終えた稲荷は、ふむふむと細い目をさらに細める。

「なるほどね。俺は玲央奈ちゃんの囮役、賛成だけどな」

「……ユウ、裏切るつもりか」

「いや、裏切るってなに!? まずは俺の意見を……ちょっ、キヨの目が赤いんだけど! 怖い怖い！」

赤目になった天野から剣呑《けんのん》な眼差しを向けられ、ついでに女将や蛇目からも非難の空気を感じて、慌てて稲荷は言い募る。

「冷静に！ 冷静に考えてだよ？ 今のところ囮役の候補は玲央奈ちゃんしかいなくて、俺も彼女が一番、敵のあやかしを確実に誘いだせると思う。この作戦で捕まえなきゃ、逃がしてもっと大変なことになるよ？　それにさ！」

ここが一番大事だと言わんばかりに、稲荷が声を大きくする。

「当の玲央奈ちゃんがなによりやる気！　彼女はまったく囮役を引き受けることを恐れていないないし、絶対に大丈夫って自信がある！　ね、玲央奈ちゃん？」

「は、はい」

稲荷がパスをくれたおかげで、再び玲央奈に注目が集まる。

玲央奈は心の中で稲荷に感謝をして、深呼吸をひとつ。

「……稲荷さんの言うとおりです。その、私に危機感が足りないとかではけっしてなくて、自分の命を狙うあやかしの危険性は、私も重々承知しています」

少し前までは、玲央奈は毎日のように奴らの襲撃に遇っていたのだ。危険性なんてイヤというほど知っている。

「だけど必ず危なくなる前に……皆さんが、助けてくれるって信じているので。怖くないし、きっと大丈夫です」

『皆さん』とか言いながらも、玲央奈の瞳は隣の天野を捉えていた。

天野だってさっき、『安全は俺が保障します』と自ら宣言していたし、なにより彼は以前も玲央奈のピンチを救ってくれた。

いつかの、夕暮れに染まる公園で。

玲央奈は本気で例のあやかしに食われかけたことがあったが、あわやというところで天野が駆けつけて、彼はかつてないほどブチ切れて敵を制圧した。そして傷ついた玲央奈を、力いっぱい抱き締めてくれたのだ。

そのときの泣きたくなるほどの安堵感を、玲央奈は身に染みて覚えている。

(清彦さんなら、どんなときでもまた私を助けてくれるし、守ってくれる)

――それは、今はたとえウソの婚約関係でも、ふたりが築いてきた本物の信頼だった。

「ふふっ。妬けちゃうわねえ。ねっ、蛇目ちゃん？」

「……天邪鬼さんにリードされているのは、致しかたないことです。だけどまだまだつけ入る隙はありそうなので、私は諦めませんよ」

玲央奈の天野を見る視線の意図は、普通に周囲にもバレていたらしい。女将と蛇目がボソボソとそんな会話をしている。

なぜかそこで、「おっ！」と喜色を滲ませたのは稲荷だ。

「なになに、蛇目くんってまさか、玲央奈ちゃんにラブなの？」

「ええ。相棒を通してですが、運命的な出会いを致しまして。玲央奈さんには、生涯の伴侶になっていただきたいと望んでおります」

「やっべえ、ガチじゃん！　キヨの恋敵じゃん！　俺、こういう展開大好きなんだけど！　玲央奈ちゃんもやるねえ、モテる女はつらいってやつ？　ねえねえ、玲央奈ちゃんのどこに惚れたの？」

「それはですね……」

玲央奈は羞恥に耐え切れず、「今は作戦会議の途中ですよ！」と声を張りあげる。

女子高生みたいな恋バナを、本人の前でするのはご勘弁いただきたい。

「それで、私が囮役をすることは了承と取っていいんですよね？」

「……君にあそこまで言われて、まだ反対する方がカッコ悪いだろう」

玲央奈から顔を背けながら、天野がついに折れた。

一瞬覗いた天野の表情は、まだ懸念を残しているようにも、若干照れているようにも感じる。

「くれぐれも無茶はするなよ、俺のお嫁さん。そろそろ君の自分を省みない行動には、心労で胃に穴が開きそうだ。知っているか？　俺が胃薬を常備していることを」

「ウソですね、旦那さま。どちらかといえば、いつも自分を顧みず無茶をするのは旦那さまじゃないですか。……心配しないでください、私自身の安全を一番に優先するって、約束しますから」

方針が固まればあとは早い。

玲央奈たちはサクサクと打ちあわせをして、すぐさま囮作戦を決行することになった。

女将が調べたこれまでの敵のあやかしの動向から、まだ数日はこの辺りに潜伏するつもりだろうと踏んではいるが、被害者がたくさん出ている以上、早く作戦を決行するに越したことはない。

「っと、あれ？」

「ピャッ！」

しかし、書斎を出たところで、丸っこいなにかが玲央奈の足に体当たりしてきた。コロン、と転がる緑の生き物。

その正体はミニ河童で、玲央奈は屈んで拾いあげる。

「君がなんでこんなところに……？　ここは宿じゃなくて、従業員さんの宿舎よ。まさか三度目の迷子？」

ミニ河童はフルフルと首を横に振る。

「マイゴ、チガウ。オネエチャン、サガシテタ。トウチャンタチニモ、イッテ、アル。タイヘンナラ、オレモ、テツダウ」

「手伝うって……」

「オネエチャンニ、メイワク、タクサンカケタ。オワビ、ト、オンガエシ、シタイ」

「迷惑かけられたのは主に俺だがな」

玲央奈の隣に立つ天野が、苦々しくミニ河童を一瞥《いちべつ》する。彼は小鬼バージョンにされるに至った経緯を忘れてはいないようだ。

「気持ちは嬉しいけど……ミニ河童くんを作戦に連れていくわけには……」

「いいんじゃない？　連れていけば」

最後に書斎から出た稲荷が、横からツンツンとミニ河童の甲羅をつつく。

「この子くらいの妖力なら、敵も普通にスルーするだろうし、玲央奈ちゃんのそばにいても作戦的に問題はないよ。いれば、なにかあったとき役に立ってくれるかもよ？　雨の日の河童たちは、コンディション的には最高だから」

「あやかしにコンディションとかあるんですか……？」

稲荷の言葉を受け、ミニ河童は「オレ、ヤクニタツ！」と、やけに自信満々に胸を張った。

玲央奈はしばし悩んだが、ここで立ち往生している暇もない。女将や蛇目はもう先に作戦どおりの配置に向かっている。

追い返してもついてきそうなミニ河童の様子に、玲央奈は仕方なく、彼をカーディガンのポケットに入れてやった。

「いい？　ここから出ちゃだめよ。それか万が一危なくなったら、私のことは心配せず逃げてね」

「オレ、オネエチャン、マモル。ダイジョウブ！」

拳をぐっと握るミニ河童に苦笑しながら、玲央奈は止めていた歩みを再開した。


時刻は夜の七時。大地を揺らすようなどしゃ降りだった朝に比べて、雨はポツポツとだいぶ小降りになっていた。

重苦しい空に覆われた、薄暗い山の中。

宿側から赤い橋を渡って、しばらく行った大木のもとで玲央奈はひとり……正確にはポケットにいるミニ河童もあわせてひとりと一匹、傘をさして佇んでいた。

宿から借りた傘は、【宵】という文字が入った紺の古風な番傘だ。

強張る手でその柄をぎゅっと握る。

（うまくいきますように……）

立てた作戦自体は、そう複雑でもない簡単なものだ。

手始めに女将が、宿を中心にこの山全体に及んでいる結界を解除する。玲央奈は囮役なので、周りに誰もつけず敵のあやかしが来るまで待機。天野たちも橋の向こうで同じく待機している。

唯一別行動なのは、他のあやかしの気配には人一倍敏感らしいシロで、彼女は山の中をチョロチョロとパトロールし、敵が山に入ったとわかったらすぐに、蛇目に感覚を繋いで報せる手筈《てはず》だ。

玲央奈を狙って敵のあやかしが来たら、玲央奈はとにかく橋に向かって捕まらないように走る。

橋の近くまで引き寄せれば、女将が再び結界を張って敵のあやかしを囲い、あとは天野たちがマダムの鏡を使って捕獲する。

作戦はそれだけである。

だが……明らかに、負担と危険がもっとも大きいのは玲央奈なので、自分から言いだして押し通したことだが、先ほどからずっと、皮膚が緊張でピリピリと粟立《あわだ》っていた。

「……もう夜になるし、けっこう寒いわよね。カーディガンを着てきて正解だったわ。ミニ河童くんは大丈夫？」

「ウン。カッパ、サムサ、ヘイキ」

「河童の寒稽古ってことわざもあるものね……この会話も、全部聞こえているのかしら」

木之本も協力してくれており、彼は木霊の半妖の能力で、玲央奈の声は常に拾っているはずだ。

彼の判断で天野たちにも伝言されるので、カーディガンも着てこず「寒い」なんてうかつに言っていたら、過保護な天野が作戦を中断してでも、玲央奈に上着を届けたかもしれない。

また木之本からも、木々を伝ってこちらへの呼びかけが可能なので、事態が動けば玲央奈にも報せがくる。

ちなみに文明の利器であるスマホで、単純に連絡を取りあう方法もあるにはあった。だけど山中なので電波があまり良くないのと、敵のあやかしが襲ってきたときに落としたり邪魔になったりしそうなので、あえて宿の部屋に置いてきた。

今の玲央奈は身ひとつだ。

敵が狙いやすいよう、母のお守りさえ持ってきていない。

「でも、ミニ河童くんがいてくれて良かったわ」

「オレ、イテ、イイ？」

「ええ。敵のあやかしがいつ釣れるのか、そもそも本当に釣れてくれるのかもわからないし……ただこうして待つのって、想像より不安だもの。ミニ河童くんと喋っているおかげで、まだ気が紛れるわ」

「オレ、ヤクニタッテル！　デモ、モット、タテル！」

「期待しているわね」

常に気は抜かないように注意しながらも、ミニ河童とのお喋りに興じて待つ。

ミニ河童は一生懸命、滝のところに住んでいる河童の集団に、家族で挨拶をしに行った話などをしてくれた。玲央奈たちが出会えなかっただけで、やはりあそこに河童はたくさん住み着いていたようだ。

「ミンナ、キノイイ、ヤツラ！」

「仲良くなれたなら良かったわ」

そうこうしているうちに、早一時間。

まだ敵のあやかしは現れる気配がない。

「来ないわね……」

二時間以上経ってもなにもなければ、玲央奈はいったん宿の方に戻ってくるよう言われている。

どちらかといえば短気な玲央奈が、すでに業を煮やし始めていたときだった。

「っ！」

ザワザワと木々がざわめきだす。

そのざわめきに交じるように、辺りに木之本の声が反響した。

『敵のあやかしが山に侵入したそうです。そちらに向かっております、どうかお気をつけて』

「わかりました……！」

玲央奈は逸る心臓を落ち着けながら、周囲を見回して警戒する。ポケットから顔を出していたミニ河童も、尖った嘴《くちばし》を震わせた。

ガサリと、近くで聞こえる葉擦れの音。

瞬間――空気がズシリと重くなる。

(来た……!)

闇の中からぬっと現れたあやかしは、サッカーボールより二回り大きいくらいの黒い球体状で、輪郭が霧のようにぼやけていた。目を凝らさねば、辺りと同化してしまいかねない出で立ちだ。

己の姿を無理やり維持しているようにも見える。

(気味の悪い姿ね)

半妖の者たちは気づかぬうちに、一瞬で妖力を奪われていたため、コイツの目撃証言は今のところ誰からも出てはいなかった。コイツも意図的に隠れて行動していたに違いない。

だが今、玲央奈にこうして姿を見せているのは、目的が妖力を奪うためではなく、玲央奈を食らうためだからだろう。隠れる必要はないと、そう判断したのだ。

また一目見て、玲央奈は理解した。

目の前のコイツは、玲央奈に呪いをかけた例のあやかしで間違いない。

「クワ、セロ。クワ、セロ。クワセロクワセロクワセロ……」

パカリと球体が割れて大きく口が開き、不揃いなギザギザの歯が覗く。

壊れたラジオのように同じ言葉を繰り返す、ノイズに近い声にも聞き覚えがある。

なにより先ほどから、玲央奈の後ろ首の痣は絶えずズキズキと疼《うず》いていた。

前回、このあやかしは人間の少女に化けて、近寄ってきた玲央奈を食らおうとしたが、今回はそんな巧妙な手を使えるほどの妖力もなければ、余裕もないらしい。前に食われかけたときより、感じる禍々《まがまが》しさも威圧感も半減している。

それでも、ヤバい相手であることは変わりなかった。

「河童くん、走るよ！」

「ウン！」

（追ってきなさい……！）

タッと、玲央奈は傘を放って駆けだす。

「クワセロ！」

目論見どおり、あやかしは玲央奈を追ってきた。

あとはけっして捕まらず、だけど相手に見失われないほどの距離を保って、赤い橋のところまで引きつけなくてはいけない。

だけど雨でぬかるむ地面は予想より走りにくく、思うように足が前に進まない。橋に辿り着く前に、浮遊している敵のあやかし相手に、玲央奈との距離はどんどん縮まっている。

（このままじゃ捕まっちゃう……っ！）

焦る玲央奈の頬を、細かい雨が打つ。

バッとそのとき、木の枝から飛び出た白い影が、敵の引き裂いたような口の横に噛みついた。

「ギャッ！」

「シロちゃん！」

加勢してくれたのはシロで、きっと蛇目の指示だろう。

暴れる敵のあやかしに、シロは噛みついたまま離れない。だがブンッとあやかしが体を振った弾みに、シロは勢いに負けてふっ飛ばされてしまった。

その先は太い大木。このままでは木の幹に叩きつけられる。

「危ない……っ！」

玲央奈がつい立ち止まって叫ぶのと同時に、「マカ、セテ！」と動いたのはミニ河童だ。

ミニ河童はぷうっと頬袋を膨らませて、水泡を瞬時にいくつも生みだした。小さいシャボン玉のようなそれらは、集まって塊になり、シロと木の幹との間でクッションになってくれる。

パチンッと弾けた水泡の塊により、シロはどうにか無傷だ。

「す、すごいよ、ミニ河童くん！」

「トウチャン、ジキデン、カッパノ、ミョウギ！」

えへんと威張るミニ河童を、玲央奈としてはもっと褒めてやりたいところだが、そんな悠長にかまえてはいられない。

シロのおかげで敵のあやかしはまだ痛みに悶《もだ》えていて、この隙に玲央奈は再び走る。

ポトリと地面に落ちたシロの方も、すぐに復活してシュルシュルと玲央奈の後ろをついてきた。

一拍おいてまた敵のあやかしが追ってくるが、今度はうまく追いつかれないまま、ほどなくしてやっと赤い橋が見えてくる。

「や、やった……きゃっ！」

橋に踏み入ったところで油断してしまい、玲央奈はツルッと足を滑らせた。バランスを崩し、体が傾く。

（転ぶ……！）

来るべき衝撃に備えて目を瞑る。

しかし、次いでポスンッと温かなぬくもりに包まれ、清涼感にほんのり甘さが溶けた嗅ぎ慣れた香りが、玲央奈の鼻孔を満たした。

「……間一髪だったな」

「清彦さん！」

目をおそるおそる開けば、天野が下敷きになる形で、玲央奈の体をしっかり受け止めてくれていた。橋の向こうから走ってきて、ギリギリ滑り込んでくれたらしい。

玲央奈が慌てて体をどかそうとすれば、逆に腕を取られてぎゅうっと正面から抱き込まれる。

「き、清彦さん⁉　あの……！」

「無事で良かった……頑張ったな」

「は、はい」

ほうっと天野から吐きだされる、息が熱い。

ドクドクと鳴る心音は、どちらのものかわからなかったが、玲央奈にはその音がひどく心地良かった。

（やっぱり、この人のそばが安心できる）

天野の広い背に、玲央奈もおずおずと腕を回そうとしたところで……状況を思い出し、ハッと我に返る。

「そ、そうだ！　敵のあやかし！　あやかしが迫って……！」

「ああ、それならもう……ほら」

「え？」

天野が示す背後を首だけ回して振り返れば、貴重なはずの銀枠の鏡を、片手で雑につまんでプラプラと揺らす稲荷がそこに立っていた。

「はい、捕獲完了でーす」

稲荷はニンマリ笑って、もう片手でピースサインを作る。

天野が玲央奈をキャッチしている間に、稲荷が敵のあやかしを鏡に映し、捕獲を瞬く間に行った……という流れなのだろうが、幼馴染みで親友なふたりのコンビネーションが鮮やかすぎて、玲央奈は呆気に取られた。

「というか、キヨってば足早すぎ！　玲央奈ちゃんのことになると必死すぎ！　本当ならキヨが鏡を使うはずだったのに、玲央奈ちゃんの姿が見えた途端、俺に鏡を押しつけて走っていくなよなー。『え、俺がこれ担当？』って焦ったじゃん」

「それでも俺の意図を汲んで、抜かりなくあやかしを捕獲してくれたお前は、やっぱり誰よりも頼りになる相棒だよ」

「……それもウソ？」

「どうだろうな」

稲荷と天野の間にも、玲央奈と天野にあるものとはまた違った、強固な信頼が見て取れた。

玲央奈はそれを、なんだかちょっぴり羨ましく思う。

（稲荷さんの方が清彦さんとの付き合いも長いし、そもそも同性同士だし、こんなことを思うのはおかしいけど……）

これも一種の嫉妬かもしれない。

「……どうした？」

難しい表情の玲央奈に気づいた天野が、至近距離で顔を覗き込んでくる。彼の高い鼻先が、今にも己の鼻先にちょんとくっつきそうで、玲央奈は反射的に「なんでもありません！」と顔を背けた。

ポケットにいるミニ河童が、水掻きのついた手で目元を覆い、「キャー」なんて乙女な悲鳴を挙げているのが気恥ずかしい。

「はいはい、そこ！　あんまりイチャつかない！　いつまでくっついてるの？　それより鏡の中身、ちゃんと確かめてよ」

稲荷に茶々を入れられ、天野はチッと露骨に舌打ちをして玲央奈を解放した。

立ち上がって雨に濡れた髪を片手でかきあげる、天野の何気ない仕草は、普段より少し野性的で持ち前の色気に拍車をかけている。

それにドキドキしつつも、玲央奈も次いで腰を上げた。

頭からつま先までびっしょりなので、せめて最後にもう一度、温泉に浸かって帰りたいものだ。

「ほーい、どうぞ」

「ああ」

稲荷から鏡を受け取った天野は、水滴を手で拭ってじっと鏡面を見つめる。

「マダムに見てもらわないと、正確なことはわからないが……コイツは玲央奈に呪いをかけたあやかしであることは確かだ。けれど、本体ではなさそうだな」

「あー、まあ、そうだよね。本体ならこんなに簡単に捕まえられるはずがないし。また分身かー、面倒くさい相手だよね」

「だけど着実に、相手の力は削いでいっている。あと少しで本体も引きずり出せるだろう」

今回捕まえたのも本体ではなかったらしい。つまりまだ、玲央奈の呪いは解けないということだ。

その事実に玲央奈は落胆と同時に、心の片隅でホッとする。

天野との今の絶妙な関係は、玲央奈の呪いの存在があってこそだ。それがなくなれば、玲央奈は天野に対する胸奥に秘めたひとつの気持ちに、確かな答えを出さなくてはいけなくなる。

答えを出す日が早く来てほしいような、まだそんな覚悟はできていないような……

天野への感情はいつだってままならない。

「あらあら、みんな濡れ鼠になっちゃって！　鼠といえばこれは本来、頼子ちゃんに使う言葉かしら？」

宿の印入りの番傘をさして、女将が藤紫の着物を翻しながら、ゆったりと橋を歩いてきた。

彼女はふふっとご機嫌に笑っている。

「稲荷ちゃんが、無事に敵のあやかしを捕まえてくれて良かったわ。私が結界で囲うまでもなかったわね。一応もう、改めて結界は張り直したけれど」

「あれ……あの、蛇目さんは？」

作戦決行メンバーで、臨時で協力してくれた木之本を除き、蛇目だけが唯一この場にいなかった。玲央奈はどうしたのだろうと首を傾げる。

「蛇目ちゃんはね、作戦のためにシロちゃんと感覚を繋ぐだけじゃなくて、自分の妖力の大半も、シロちゃんに預けていたみたいで……さすがに疲れて少し休んでいるわ。本人は『しばらくすれば回復します』って言っていたけど、わりと無理していたみたいね」

「そう……なんですか」

だからシロが、敵のあやかしにあそこまで立ち向かえて、けっこうなダメージを与えられたようだ。

女将はスッと玲央奈に寄って、「蛇目ちゃんも、玲央奈ちゃんを守るために頑張ってくれたみたいね」と耳打ちする。

「彼の貴方への想いも、ちゃんと真剣なものよ。天野ちゃんには悪いけど、私は旧知のよしみで、蛇目ちゃんを応援しちゃうわね！」

それだけ囁いて、女将はパッと離れていった。

蛇目の想いも、玲央奈は玲央奈なりに戸惑いつつ受け止めている。彼がふざけて求婚なんてしていないことも、玲央奈はちゃんとわかっていた。

（それでも、私は清彦さんのことが――）

「――はい！　それじゃあ一件落着ということで、みんなで一度宿に帰りましょうか！」

パンッ！と手を叩いて、女将がにっこり微笑む。

思考の波に呑まれかけていた玲央奈は、そのあどけない微笑みに毒気を抜かれた。

その隣では稲荷と天野が、なんとも平和なやり取りをしている。

「あーあ、俺ってばあやかし退治させられただけだし、せめて宿のご飯でも食べていきたいなー」

「りんごならすぐに用意できるぞ。いくらでも食べていい」

「なんでりんご!? それデザートじゃん！」

「種類も選べるぞ」

「りんご限定じゃん！」

意地悪な天野に、ギャーギャーと騒ぐ稲荷。

シロはなぜか玲央奈の方をチラチラ見ながらも、床に伏せる主が心配なのか、先んじて橋を這って宿の方へ向かっていた。

「カイケツ、ヨカッタネ、オネエチャン」

「……そうね」

下から様子を窺ってくるミニ河童に、玲央奈は小さく頷いた。一緒に頑張ってくれたミニ河童の頭も、くりくりと人差し指で撫でれば、「へへッ」と照れた笑い声が返ってくる。

なにはともあれ、女将の言うように一件落着、であった。

宿に帰ってから、玲央奈たちは真っ先に温泉に入った。もう当分は浸かれないだろう温泉を、心行くまで最後に堪能させてもらった。

旅行には備えあれば憂いなしということで、一日分を余分に持ってきていた私服に着替えて、すぐ宿を出て解散……とはいかず、大きい方の宴会場で、あやかし退治成功を祝して宴が開かれた。

「みんな、グラスは持った？　──それじゃあ、乾杯！　中身はアルコールなしだけど！」

意気揚々と、稲荷が乾杯の音頭を取る。

宴にはミニ河童の家族や、どこから聞き付けたのか、お祭り騒ぎが大好きな化け狸一行もなぜか参加していた。

明日は朝から、稲荷はもちろん玲央奈たちもみんな仕事があるわけだが、酒は抜きでもおいしい料理をお供にどんちゃん騒ぎである。

「なにこれ、うまっ！　あ、これも旨い！　真宵亭の料理が絶品って噂はマジだったんだ！　くそう、お酒があれば完璧なのに！」

「せわしないぞ、ユウ」

本気で空腹だったらしい稲荷の、次々と箸を動かす手は止まらなくて、天野が素で呆れるほどだ。

稲荷に言わせれば「キヨが無理やり呼び出すからなにも食ってないんだよ！」とのことだが。

長机には、刺身のお造り、生ハムのシーザーサラダ、豚しゃぶ、アボガドとモッツァレラチーズのカナッペ、ちらし寿司、揚げ物の盛り合わせ……などなどの、宴会料理の数々がところ狭しと並んでいた。

なお、宿側の人手は依然として不足していたが、「久しぶりに本気を出そうかしら！」と、女将が前線に立ったことで百人力になったとか。

女将はいずれ頼子を若女将に就任させるつもりで、最近は隠居気味だったが、まだまだ現役のようだ。

「ふふっ。確かにこれは、勝利の美酒でも味わいたくなりますね。月は見えずともいい夜です。ねえ、玲央奈さん？」

中盤からは回復した蛇目とシロも参加し、玲央奈にちょっかいを出しては天野に牽制されながらも、変わらず優美な笑みを湛えていた。蛇目VS天野の構図には、もはや玲央奈は傍観の姿勢だ。

だけど蛇目の言う通り、玲央奈もしみじみと「いい夜だ」とは感じていた。

そしてさすがに日付が変わる前には、宴は幕を下ろし、玲央奈たちは今度こそ宿を発つことになった。

「このたびは、私たちがお世話しなくてはいけないところ、逆に大変お世話になりました……！」

玄関には帰り支度をすませた、玲央奈と天野、稲荷、蛇目がそろっていて、お見送りには頼子と銀一が来ていた。

敵のあやかしを封印したことで、奪われた妖力はすべてもとの持ち主に戻ったらしい。銀一はもうとっくに復活して仕事に勤《いそ》しんでいた。

彼はへにょりと眉を下げて、天野たちに「ごめんね」と謝る。

「六花の子守りをしてくれたお礼に、宿に招待したつもりだったのに、大変なことに巻き込んでしまって……」

「いえ、結果的にですが、捕らえたあやかしは俺たちにこそ関わりのある相手だったので、渡りに船というやつです。宿自体は新婚旅行先として満喫させてもらいましたよ」

なあ、玲央奈？と天野に問われ、玲央奈はいまだ『新婚旅行』というワードには気恥ずかしさを覚えているため、曖昧に返す。

「ギンは倒れて迷惑もかけたものね」

廊下の奥からひょっこりと、厳しいコメントと共に美少女が顔を出した。実は夕方頃には、こちらに来ていた六花である。

彼女は銀一が倒れたという連絡を学校帰りにもらうと、「私もギンの様子を見に行く！」と本気でひとり、自力で宿に来ようとしていた。それを電話越しに頼子が「今はいろいろと危ないから、六花ちゃんは家から出ないでおとなしくしていて」といったん宥《なだ》めたのだが、気を利かせた女将が、遠方から宿に戻る途中で六花を拾ってきていたのだ。

今は銀一に対して「本当にギンは情けないんだから」なんて憎まれ口を叩いているが、六花が銀一を心底案じていたことは誰もが知っている。

「悪いあやかしくらい、カッコよくやっつけてよね。起きたときなんか、頼子おねえさんに抱き着かれてデレデレしていたし」

「り、六花ちゃん、そのことは……！」

「デ、デレデレはしてないよ！」

頼子と銀一は顔を赤くして焦る。

意識のなかった銀一が目を覚ましたとき、ちょうどそばにいた頼子は、感極まって思いきり銀一に抱き着いたらしい。

不慮の事故みたいな出来事だが、その頼子の大胆な行動により、銀一も頼子を少しは意識し始めている……ようにも玲央奈には見えた。

「あ、あのときは本当に、気が動転してたというか……。はしたない真似をしてごめんなさい……」

「いやいや！　僕は嬉しかったよ！」

「う、嬉しいって、どういう……⁉」

「あ、ああ、違うよ！　そういう意味じゃなくて！　頼子さんが僕を心配してくれていたのが、とても伝わって嬉しかったって意味で……！」

つき合いたての中学生カップルのような両者に、場には甘酸っぱい空気が流れるが、その空気を跳ね除ける者もいる。

「鼻の下を伸ばしたギンなんて知らない」

六花はツンと、さくらんぼのような唇を尖らせてそっぽを向いた。

彼女は頼子に好感を抱いてはいるものの、それはそれとして、銀一にイイお相手ができるのは気に食わないのだろう。大人びていても子供な彼女は、お父さんが取られるようで複雑なのだ、きっと。

（次に宿に来るときには、このふたりが無事にくっついて、六花ちゃんも認めてくれているといいけど……）

自分と天野とのことは棚にあげて、玲央奈はそんなことを願う。

余談だが玲央奈は、宴会が始まる前に小休憩に入るところだった頼子と、個人的に連絡先を交換した。

勇気を持って申しでたのは玲央奈からで、「よかったら、頼子さんとは友人になれたらと思って……」と打ち明ければ、頼子も「私も玲央奈さんとぜひ友達になりたいです！」と食いついてくれた。

もしかしたら宿に来ずとも、頼子と銀一に進展があれば、頼子から連絡が直接来るかもしれない。

「オネエチャン、モウ、カエル？」

「あ、ミニ河童くん」

ペタペタと足音を鳴らしながら、六花に続いてミニ河童までやってきた。ご両親の姿はいまはないが、河童の親子はもう一泊していくそうだ。

ミニ河童を見つけた途端、蛇目の首にしな垂れかかっていたシロが、俊敏な動きでバッと飛びかかる。

ミニ河童は「ヒャー！」と悲鳴をあげた。

「おやおや、シロは本当に、そちらの河童さんがお好きなようですね」

見えないハートを振りまきながら、ミニ河童に巻きつくシロに、蛇目がおもしろそうにくつくつと笑う。

……そうなのだ。なんとシロは、水泡クッションでミニ河童にピンチを助けられたことにより、ミニ河童に惚れてしまったようなのだ。

あやかし退治後、先んじて宿に戻ろうとするシロがチラチラ見ていたのは、玲央奈ではなく、玲央奈のポケットに入っていたミニ河童だったらしい。

まさかの展開で、河童と白蛇の恋模様が始まっていた。

(光景は完全に、ミニ河童くんがシロちゃんに捕食される構図だけど……ここはくっつくの?)

「ハ、ハナシテ、ハナシテ」

当のミニ河童はシロの求愛にビクビクと怯えており、あやかし間で種族の違いもあるので、頼子と銀一の仲より進展は難しそうに思える。

だがこの先、どうなるかは未知数だ。

肉食系女子だったらしいシロは、宴の間もずっとミニ河童にアピールを怠らず、ミニ河童のご両親は「フショウノ、ムスコヲ、ヨロシク、オネガイシマス」と存外乗り気だった。

「私もシロに負けないよう、相手にその気がなくとも、熱烈にいかなくてはいけませんね」

「え……あ」

天野がガードする間もなかった。

流れるような所作で、玲央奈の右手を取った蛇目は、その手を己の唇に持っていきそっと口づけた。

なんとも気障《きざ》な行いだが、蛇目がやるとどこぞのお貴族さながらに自然だ。

「じゃ、蛇目さん!? なにを……!」

「……なにをしているんだ？」

不意打ちの攻撃に、玲央奈は耳朶《みみたぶ》まで熱を帯びて狼狽し、隙を突かれた天野が蛇目に凄《すご》む。

しかし蛇目はあっさり玲央奈の手を離すと、不敵に口角を上げた。

「ほんの少し餞別《せんべつ》をいただいただけですよ。しばらくお会いできないのですからこのくらいはいいでしょう。……ですが覚えておいてください、玲央奈さん。繰り返しますが、私は蛇らしく粘着質でしつこいので」

蛇目は「地の果てまでも追いかけますから」と囁くように告げると、灰色の瞳を怪しく光らせた。

「さて……では行きますよ、シロ」

シロは長い舌で、震えるミニ河童をチロチロ舐めていたが、主人の呼びかけには忠実だ。すぐさま、定位置である蛇目の肩に戻る。

「それではまた、私の伴侶殿」

そうして蛇目は、一足早く宿を去っていった。

「蛇目くん、強敵だねー。あれは一度や二度、フラれたくらいじゃ諦めない男だよ。俺にはわかる」

「どうでもいいが、玲央奈は手を貸せ。消毒して拭くぞ」

おどける稲荷に対し、天野は目がマジだ。

遅れて見送りにきてくれた女将から、本当に手巾やら消毒液やらを借りて、玲央奈は念入りに手を拭き拭きされた。

そんなひと悶着も経て、玲央奈たちも宿の皆にうやうやしく頭を下げられ、短いが濃い時間を過ごした真宵亭をいよいよ後にする。

外に出れば、外は満点の星空。

雨はすっかり止んでおり、澄んだ空気の中で星たちが淡く瞬いていた。

「明日仕事とかやる気出ねー！」

星空にそんな雄叫びを上げる稲荷を、天野が小突く。

「仕事は真面目にやれよ。見張っているからな」

「いきなりここまで呼び出した本人がそんなこと言うのか？　鬼か？　鬼だな。鬼だった！」

俺も有給取れば良かった！と嘆く稲荷とは、山を下りて駐車場で別れた。

天野たちは車の後ろに荷物やお土産のりんごを詰め込み、それから車に乗り込む。

しかし、助手席で玲央奈がシートベルトを締めても、いっこうに発進する気配がない。

「どうしたんですか？　忘れ物でもありました……？」

隣の天野を、玲央奈は不思議そうに見遣る。

天野はしばし、端正な横顔になにかしらの葛藤を滲ませていたが、やがて玲央奈には聞こえない程度の小声で「新婚旅行だし、少しならいいか」と呟いた。

「清彦さん？」

「……いや、たいしたことじゃないんだがな」

「なんですか、もったいぶらずに言ってくださいよ」

「君の服の襟から、タグが出ているのがずっと気になっていたんだ。旅行のために新品の服を用意したせいで、店のタグを取り忘れたんだろう。いつ気づくかと思えば、ここまで気づかなかったな」

「タグ⁉ な、なんで早く言ってくれないんですか！」

玲央奈はとっさに後ろ襟に手を伸ばす。

（そんなのがついたまま、宴の間も過ごしていたなんて！）

というか、旅行用に浮かれて服を何着も購入したことが、普通に天野にバレていて恥の上塗りである。

……そのせいで玲央奈は動揺して、いつもなら見抜ける天野のウソにまんまと騙された。

「ど、どんなタグですか？ 触った限りだとよく……」

「俺が取ってやるから、近づいて背中をこちらに向けてくれ」

天野の言葉のとおり、玲央奈はシートベルトをつけた状態で、体を捻って彼にくるりと背を向けた。天野が長い指先で、サラリと玲央奈の髪をかき分ける。

(ん?)

うなじの、ちょうど呪いの痣があるあたり。

そこに掠めるように、柔らかな感触と熱が触れ、やけに可愛らしいリップ音が暗い車内に落ちた。

一瞬のことだが、流せることではない。

バッと、玲央奈は反射的に振り返る。

「き、清彦さん、今! うなじに、キ、キ、キッ……!」

「ああ、一応言っておくが、タグはウソだ」

「清彦さん!」

玲央奈が悲鳴に近い声をあげる。

蛇目に仕掛けられたときより、玲央奈の体は倍以上も熱い。特にキスを落とされたうなじなんか真っ赤で、呪いなど関係なく、痣のあたりが変にジンジンと痺《しび》れている気もした。

「ささやかなマーキングだ、見逃せ」

「マーキングって……！」

「ほら、もう行くぞ」

犯人である天野は素知らぬ顔で、キーを回してエンジンをかけている。

焼けるような熱がいっこうに引きそうもない玲央奈に、心なしかご機嫌になった天野は、笑って「新婚旅行は楽しかったか？」と場違いな質問をしてきた。

「……もうっ！」

それに玲央奈がまともな答えを返せたのは、車が山に背を向けて走りだしたあとだった。

エピローグ

「できた！」

オーブンを開ければ、ふわっと漂ってくる甘く香ばしい匂いに、玲央奈は満足気に顔を綻ばせた。彼女はクリーム色のエプロン姿で、両手にはしっかりミトンをつけている。

秋が終わり、いよいよ冬の足音が聞こえる土曜日の昼下がり。

玲央奈がタワマンのアイランドキッチンで作っていたのは、三時のおやつになる予定のアップルパイだ。

できたてのホールのアップルパイは、パイの部分にこんがり焼き色がついて、中身もりんごがぎっしり詰まっており、見るからにボリューム感があっておいしそうだった。

材料になったりんごは、りんご園で採ってきたものである。

――あの新婚旅行（仮）から、もう五日。

連休明けに仕事に戻るのは、少々やる気の点で厳しいものがあったが、なんとか乗りきって、玲央奈は休日を朝からのんびり過ごしている。

天野の方は残念ながら午前出勤で、面倒な取引先と交渉だとかなんとか。交渉が長引くかもしれないし、帰宅にはまだかかるだろう。

「パイが思ったより早くできちゃったわね……りんごジュースも、またミキサーにかけて作っておこうかな」

ここ数日は、大量にあるりんごを着実に消費するため、りんご入りのポテトサラダ、サツマイモとりんごのクリームグラタン、すりおろしりんごを入れたチキンカレー、りんごメインのフルーツサンド……などなど、ジュースやジャム、デザート系にする以外でも、玲央奈は手を変え品を変え工夫を凝らしてきた。

ここにきてのアップルパイは、逆に今さら感もあるりんごの王道な使い方かたである。

ちなみにお土産分はとっくにみんなに配り終わっていて、稲荷は宿泊最終日の帰り際に自分で持っていったし、莉子とオババ様には天野が仕事帰りに届けに行ってくれた。

彼らもきっと、連日なにかしらの形でりんごを食べているところだろう。

「えっと、ミキサーは……」

ジュースも作ってしまうことにして、戸棚を漁ってミキサーを探す。その途中で玄関から物音がして、予想よりはるかに早い天野の帰宅に、玲央奈は探す手をピタリと止めた。

「ただいま」

「清彦さん！　おかえりなさい、早かったですね」

玲央奈のお出迎えは間にあわず、スーツを着た天野がリビングにやってくる。

ジャケットを脱いでソファの背にかけ、ネクタイを片手で緩める彼は、なんだか達成感あふれるご様子だ。

「交渉がスムーズに進んでな。取引先の会社から直帰できたんだ。こちらの要望はすべて通せたし、成果は上々だな」

「さすがですね」

抜かりなく取り組んで、着実に結果をだしていく天野の仕事っぷりは、玲央奈も素直に尊敬している。

「それとこれがポストに入っていたぞ」

「ハガキですか？……えっ、真宵亭から⁉」

天野から受け取ったハガキは、意外なところからだった。

ハガキをひっくり返せば、宿の建物の前で、女将や銀一や頼子、他のメンバーがそろって頭を下げている写真が、ドンと目に飛び込んできた。隅っこにはこっそり六花もいる。

写真の上には『またのお越しをお待ちしております』と手書きでメッセージがあって、女将か頼子あたりが書いたのだろうが、このハガキは宿側の気遣いあふれるアフターケアみたいだ。

「素敵ですね、こういうの。ハガキ自体も思い出になりますし、また行きたくなっちゃいます」

「大事にとっておくといい。次はあやかし退治は抜きで、くつろぐだけで帰りたいものだな」

「それは……まあ、そうですね」

後日、マダムに銀枠の鏡を返却して確認してもらったが、やはり捕らえたあやかしは本体ではなく分身だった。そのため玲央奈の呪いはいまだ解けず、後ろ首の痣も消えてはいない。

だけど確実に、完全に解ける日が近づいている気が玲央奈はしていた。

天野との関係がなにかしら変化するだろう、その日も。

(そのときは……)

「……玲央奈？　どうした、俺の質問は聞こえていたか？」

「えっ、あ、ごめんなさい、聞いていませんでした」

ハガキを見つめてぼんやりしていたら、天野の声をスルーしていたようだ。

「昼食はなにかあるかと聞いたんだ。特に外では食べてこなかったから、あるならもらいたい」

「ありますよ、厚切りベーコンのカルボナーラが冷蔵庫に。私も先にお昼に食べたんです。あとはアップルパイもデザートにどうぞ」

「ああ、さっきからする甘い匂いはそれか。てっきり君自身の香りかと」

「私自身ですか……？」

「一説によると相性のいい相手からは、甘い香りが感じ取れるらしい。俗説だが興味深いと思ってな」

「……ナンパみたいなウソはつかないでください、旦那さま」

いや、その説自体は本当に、信憑性《しんぴょうせい》はおいておいたとしても、あるにはあるのかもしれないが。

天野の口説き文句とも取れる戯《ざ》れ言《ごと》に、玲央奈は真宵亭から帰る車中、彼にされたうなじへのキスを不意に思い出す。

「わ、私、冷蔵庫から持ってきますね！」

カッとその箇所が熱を持って、ごまかすようにハガキをテーブルに置いてキッチンへと走った。

（もう、心臓に悪いわ……！）

冷蔵庫の冷気で無理やり体を冷ましてから、カルボナーラをレンジで温めて、天野のもとに運ぶ。濃厚な味わいのカルボナーラはあっという間に天野の胃に収まり、アップルパイは切り分けてふたりで食べることにした。

向かい合わせでテーブルにつく各々の前には今、皿に乗ったアップルパイと、湯気の立つコーヒーが置かれている。コーヒーを淹れてくれたのはもちろん天野だ。

「甘いデザートにはやはりコーヒーだな」

「清彦さんのコーヒーはいつも美味しいです。でも私としては、たまには紅茶もアリですけどね」

「確かに、紅茶を供にするのも悪くないな。今度茶葉を買ってくるか。そのときは君が淹れてくれるのか？」

「ご要望なら私が淹れますよ」

「では頼もうか」

微睡《まどろ》みが訪れそうなほど穏やかな空気。

天野と食卓を囲むこの時間が、玲央奈は好きだった。

「……ところで先ほど、取引先の話が出ましたけど、あの案件ってどうなったんでしょうか」

「あの案件とはどの案件だ？」

「うちの会社が、有名なアーティストさんとコラボするっていう……」

「それのことか」

天野がコーヒーのカップをソーサーに置く。

黒い水面が、ゆらりと波紋を生んだ。

「あれは上の方で、企画段階で止まっているな。俺のところに話がまだ回ってきていないから、詳しくは知らないが、そのアーティストの都合がなかなかつけられないそうだ」

「人気なかたになるとお忙しいんですかね」

「…………アーティストと聞くと、どうしても〝アレ〟の存在を思い出して不愉快極まりないがな」

「アレ……」

玲央奈は一瞬なんのことかわからなかったが、遅れて蛇目のことだと理解する。

一言でアーティストといっても、分野は音楽や絵画、小説や写真と様々だが、確かに書道家である彼もアーティストの中に入るだろう。

色素の薄い灰色の瞳を持つ美丈夫の顔を、玲央奈は思い出す。

「蛇目さんとシロちゃんはお元気ですかね？　彼らのところにも、真宵亭からのハガキは届いたんですかね」

「アイツの話題はやめろ、せっかくの君のおいしいパイがまずくなる」

「清彦さんが言いだしたんじゃないですか」

「名前までは出していないだろう？　我が家であの名前はNGワードだ。不吉だからな。次に君の口から出たら、今度はうなじではないところにも、罰としてマーキングするぞ」

「なっ！　なにを言っているんですか！」

せっかく冷ましたのに、皮膚が焼けるほどの熱がまたぶり返してしまう。

真っ赤な顔でコーヒーを零しかけた玲央奈に対し、アップルパイを口に運んで「外側のサクサク感と、りんごのとろける食感が絶妙だな」などと、淡々と感想を述べる天野は涼しい顔だ。

晴れてＮＧワードに指定されたことだし、玲央奈の頭からは見事に蛇目の顔が吹っ飛んでしまった。

「パイはもうひとつもらえるか？」

「もう好きなだけ食べてください」

……しかし、玲央奈も、天野でさえも知らなかったのである。

一度話題に出してしまえば、それは俗に言う〝フラグ〟と呼ばれるものになってしまうのだということを。

翌日の月曜日は、玲央奈はいたっていつもどおりに出社し、真面目に業務に取り組んでいた。自分のデスクでパソコンに向き合い、高速のブラインドタッチで書類を作成する。

「なあ、キヨ。この案件はどう対応する？」

「ああ、これは……」

離れた主任用デスクでは、天野と稲荷が資料を片手に、真剣な顔つきであれこれ意見を交わしていた。

ふたりとも〝仕事のできる男性〟といった感じだ。実際に天野だけでなく、稲荷も相当できる。

そんな彼らに、女性社員たちは軒並みうっとりしている。

「天野主任は今日も麗しいわ……眩しい」

「稲荷さんとの組みあわせは最高よねえ」

「イケメンとイケメンが並んでいるだけで眼福よ。連休中、主任にも稲荷さんにも会えなくて寂しかったもの」

「わかる、潤いがまったく足りなかったわ！」

「おふたりは連休をどう過ごしたのかしら。主任はまさか例の相手と……？」

「あーあ、主任に特定のお相手がいるなんてまだ信じられない！　主任と結婚したーい！」

作業の手を止めて、きゃっきゃっと騒ぐ女性陣は、ずいぶんと好き勝手なことを言っている。

（気持ちはわかるけど……見惚れてないで仕事してよね）

悶々としながら、玲央奈はエンターキーをいささか乱暴に押す。

さして今まで、天野に向けられる女性の黄色い声など気にしてこなかったが、最近はちょっぴりおもしろくない。

（結婚したいとか、そんなのだめよ。清彦さんの婚約者は、仮とはいえ私なんだから！）

パソコンの画面には、あからさまに拗ねた自分の顔が写り込んでいた。

玲央奈はいったんクールダウンしようと、マウスから手を離して椅子の背にぐっと凭れる。そのタイミングでバタバタと、やけに慌てた様子の課長が、ドアを開けて飛び込んできた。

「すまん、天野くんはいるかっ？」

「はい、ここに」

ずんぐりむっくりな体型の課長は、汗をダラダラ垂らしながら、天野に来い来いと太い指で手招きした。

ただ事ではない様子だ。

玲央奈はなにがあったのだろう？と、少し心配になる。

「それと潮さんも来てくれ」

「え……」

なぜか玲央奈まで呼ばれて、玲央奈本人は当然ながら、周囲の者も一様に首を傾げた。

会社では天野と玲央奈が、セット扱いで呼ばれる要素なんてないはずだ。

「至急、三階の応接室にふたりで行ってくれ。先方が天野くんをご指名で、潮さんとも知りあいだと言うんだ。行けばわかる。くれぐれも頼んだぞ」

しかも課長は詳細をなにも説明せず、それだけ早口で告げると、天野の肩を叩いてさっさと行ってしまった。

玲央奈と天野は横目で視線を交わす。

「きよ……天野主任、よくわかりませんが、行かないわけにはいきませんし、行きますか？」

「……そうだな」

会社なので適度な距離を保ちつつ、ふたりで指定された三階の応接室に向かう。

しかしながら、よくわからないのは玲央奈だけのようで、「どうして俺だけでなく玲央奈まで……まさかな……」とボソボソと呟く天野は、なにかしらの心当たりはあるようだった。

そうしてついた会議室で、玲央奈は猫目を真ん丸に見開く。

「――お久しぶりですね、私の伴侶殿。ご健勝でなによりです。ああ、あと天邪鬼さんもどうも」

流水模様の青藍の着物を纏った、灰色の髪と瞳の美丈夫。見間違えようもない蛇目ご本人が、皮張りのソファに腰を沈めていた。

「な、なんで蛇目さんがうちの会社に……!?」

この会社の応接室は、ガラス製のローテーブルと、テーブルを挟んで向かい合ったソファ、壁にはパステルカラーの四角いタイルがアート風に点々と張られていて、インテリアを生業とする会社らしく、室内はそれなりにオシャレ度が高い。

しかし、落ち着いた和室こそ似合う和服男子の蛇目がここにいるのは、なんとも言えない違和感があった。

「私は単純にお仕事に来たのですよ」

「仕事というと……?」

「そちらとのコラボ企画、でしたか？　私の書を取り入れて、モダンなインテリアをアピールしていきたいとかなんとか、そんなお話はオファーの段階でされましたね。私も多忙なもので、受けるかどうか保留にしていたのですが……とりあえず立ち話もなんですし、おかけになったらどうです？」

促されるまま、蛇目の向かいのソファに天野と玲央奈は並んで座る。

コラボ企画のアーティストが蛇目だった……という事実を、玲央奈はまだ呑み込めず、逆に天野の方は早々に呑み込んで、いったん『お客様対応』を取ることにしたようだ。

天野は隙のない営業スマイルを浮かべる。

「それで、蛇目さまはどうして急に、うちのオファーを受ける気になられたんですか？　差し支えなければ教えていただきたいのですが」

しかし、蛇目は「ああ、いいですよ」と、煩わしそうに白魚のような手をヒラリと振った。

「どうせこの部屋には私たちしかいませんし、その敬意が微塵も込められていない、気持ち悪い敬語はなくしてもらっても」

「そうか、なら遠慮なく」

瞬く間に、天野の営業スマイルは掻き消えた。

天野は長い足を組んで、冷ややかに蛇目を見据える。

「……この会社で玲央奈が働いていることに、後々になって気づいたんだろう。俺までわざわざ指名してきてなんのつもりだ？　蛇らしくどこにでも入り込むな、うっとうしい」

「そのとおり、玲央奈さんの勤め先だと気づいたから、という下心は認めましょう。ですが貴方を指名したのは、私なりの配慮ですよ？　どうせ私のことはすぐに貴方の耳に入るでしょうし、あとからうるさく絡まれるよりは、ここで顔をあわせた方が手っ取り早いと思いまして。天邪鬼さんの顔が見たいわけでは、これっぽっちもないんですがね」

「俺も御免被る。月曜日からお前の顔を見る羽目になるなんて、すでに一週間分の気力が削がれるほど最悪だ」

「おやおや。正式にオファーをお受けすることになったので、これからはちょくちょく、打ちあわせなどでお邪魔させてもらう予定ですのに。というわけで……今度、お仕事の合間に食事などご一緒にいかがですか？　玲央奈さん」

にこやかにお誘いをかけられ、「しょ、食事ですか？」と返事に困る玲央奈。蛇目と食事なんて高級料亭くらいしか思いつかない。

案の定、蛇目は「おススメの料亭があるのですよ。紹介がないと入れないところなんですがね」などと言っている。

「人の嫁を勝手に誘うな」

そこに天野が割って入り、真宵亭にいたときと変わらない争いが、まさかの会社でも勃発した。

「今度こそ決着をつけておくか？　玲央奈に纏わりつく白い害獣め」

「いいですよ。また飲み比べでも致しますか？　邪魔な小鬼さん」

睨みあう両者に、玲央奈はため息を禁じ得ない。

（こんな調子で、この先一緒にお仕事もすることになって、大丈夫なのかしら……）

ウソつき夫婦を取り巻く環境は、まだまだ賑やかになりそうだった。

おわり

あとがき

こんにちは、編乃肌と申します。

素直ではないウソつき夫婦の物語、まさかの二巻を出させて頂き心より感謝申し上げます！

一巻では、メインふたりに「可愛い」というお言葉をたくさん頂けました。もだもだっぷりを楽しんでもらえたのでしょうか……？　私もお気に入りのふたりだったので、また書けてとても楽しかったです。

今回は新婚旅行編ということで、あやかし専門の温泉宿に行かせてみました。表紙も桜舞う春から、紅葉色づく秋へ。一巻と二巻を並べてみると、季節の移り変わりが素敵なので、ぜひ並べてみて欲しいです。

また新キャラも一気に増えました！　雪谷親子や頼子、オババ様のお姉さんのマダム、一番活躍したのは蛇目とシロのコンビですかね。

蛇目は最初、書いている私もちょっとキャラが掴めず、「なんて厄介な奴なんだ！」

と苦労したのですが、お話が進むにつれて愛着が湧いていきました。彼の師匠のことやシロとの出会い、書道のお仕事の話など、書ききれないところで設定がいくつか脳内であったので、機会があればいつかまた書きたいです。

ライバルキャラっていいですよね。天野との玲央奈をめぐったバチバチの対立を、面白おかしく読んでもらえたなら幸いです。


最後に。二巻でもカバーイラストを手掛けてくださった漣ミサ先生、浴衣姿のふたりも素晴らしいのですが、なによりチビ天野が！　チビ天野が愛らしくて……！　これは着せ替え人形にされても仕方ないな、と。また描いて頂き光栄でした。

担当様をはじめとした、スターツ出版文庫編集部の皆様には、引き続き大変お世話になりました。おかげで一巻は重版という大変有難い機会にも恵まれました。

そしてなにより読者様に、ウソではないありったけの感謝を！

本当にありがとうございました。

どこかでまたお会いできますように。

二〇二〇年九月　編乃 肌

この物語はフィクションです。実在の人物、団体等とは一切関係がありません。

編乃 肌先生へのファンレターのあて先
〒104-0031　東京都中央区京橋1-3-1　八重洲口大栄ビル7F
スターツ出版（株）書籍編集部 気付
編乃 肌先生

ウソつき夫婦のあやかし婚姻事情
～天邪鬼旦那さまと新婚旅行!?～

2020年9月28日　初版第1刷発行

著　者　　編乃 肌　©Hada Amino 2020

発 行 人　菊地修一
デザイン　フォーマット　西村弘美
　　　　　カバー　おおの蛍（ムシカゴグラフィクス）
発 行 所　スターツ出版株式会社
　　　　　〒104-0031
　　　　　東京都中央区京橋1-3-1　八重洲口大栄ビル7F
　　　　　出版マーケティンググループ　TEL 03-6202-0386
　　　　　（ご注文等に関するお問い合わせ）
　　　　　URL　https://starts-pub.jp/
印 刷 所　大日本印刷株式会社

Printed in Japan

ISBN　978-4-8137-0975-6　C0193

スターツ出版文庫　好評発売中!!

『恋する金曜日のおつまみごはん～心ときめく三色餃子～』栗栖《くりす》ひよ子・著

仕事一筋、女子力ゼロな干物女子・充希は、行きつけの居酒屋でご飯を食べることが唯一の楽しみ。しかしある事情で店に行けなくなり、自炊するも火事寸前の大惨事に。心配し訪ねてきた隣人はなんと社内屈指のイケメン後輩・塩見だった。実は料理男子な彼は、空腹の充希を自宅に招き、お酒好きな充希のために特製『おつまみごはん』を振る舞ってくれる。充希はその心ときめく美味しさに癒され、いつの間にか彼の前では素の自分でいられることに気づく。その日から“金曜日限定”で彼の家に通う秘密の関係が始まって…。

ISBN978-4-8137-0958-9／定価：本体580円+税

『きみが明日、この世界から消える前に』此見《このみ》えこ・著

ある出来事がきっかけで、生きる希望を失ってしまった幹太。朦朧と電車のホームの淵に立つと「死ぬ前に、私と付き合いませんか！」と必死な声が呼び止める。声の主は、幹太と同じ制服を着た見知らぬ美少女・季帆だった。その出会いからふたりの不思議な関係が始まって…。強引な彼女に流されるまま、幹太の生きる希望を取り戻す作戦を決行していく。幹太は真っ直ぐでどこか危うげな彼女に惹かれて行くが…。しかし、季帆には強さの裏に隠された、ある悲しい秘密があった——。

ISBN978-4-8137-0959-6／定価：本体600円+税

『御堂誉の事件ファイル～鳥居坂署のおひとりさま刑事～』砂川雨路《すながわあめみち》・著

鳥居坂署一の嫌われ部署「犯罪抑止係」に配属になった新人警察官・巧。上司・御堂誉は二十八歳にして警部補という超エリートだが、エゴイストで社交性ゼロ。かつて捜査一課を追放された超問題児。「こんな部署になぜ俺が!?」と絶望する巧のもとに、少年たちによる特殊詐欺の疑惑が届く。犯抑には捜査権がない。しかしたったひとり秘密裏に捜査を始めた誉。そこで巧が目の当たりにしたのは誉の驚くべき捜査能力で——!?異色のコンビが敵だらけの署内で真実を追う、痛快ミステリー！

ISBN978-4-8137-0960-2／定価：本体580円+税

『龍神様の押しかけ嫁』忍丸《しのぶまる》・著

幼い頃の初恋が忘れられず、26歳になっても恋ができない叶海。“初恋の彼に想いを告げて振られたらいいんだ”と考えた叶海は、かつて過ごした東北の村を訪れるが——。十数年ぶりに再会した幼馴染・雪嗣は、人間ではなく、村を守る龍神様だった！「私をお嫁さんにして！」「——断る!!」再び恋に落ちた叶海は雪嗣を落とすべく、“押しかけ嫁”となることに！何度求婚してもつれない態度の雪嗣だったが、たまに見せる優しさに叶海は恋心を募らせていって——!?

ISBN978-4-8137-0961-9 ／ 定価：本体630円＋税